세계 유일의 남자

4

천중화 장편소설

FUSION FANTASTIC STORY

세계 유일의 남자 4

천중화 장편 소설

초판 1쇄 찍은 날 § 2014년 1월 6일
초판 1쇄 펴낸 날 § 2014년 1월 13일

지은이 § 천중화
펴낸이 § 서경석

편집부장 § 권태완
편집책임 § 어정원

펴낸곳 § 도서출판 청어람
등록번호 § 제1081-1-89호
등록일자 § 1999. 5. 31
어람번호 § 제1-1749호

주소 § 경기도 부천시 원미구 심곡2동 163-2 서경B/D 3F (우) 420-822
전화 § 032-656-4452 팩스 § 032-656-4453
http://www.chungeoram.com
E-mail § chungeorambook@daum.net

ISBN 978-89-251-3657-8 04810
ISBN 978-89-251-3262-4 (세트)

세계 유일의

4

천중화 장편소설

FUSION FANTASTIC STORY

세계 유일의 남자

CONTENTS

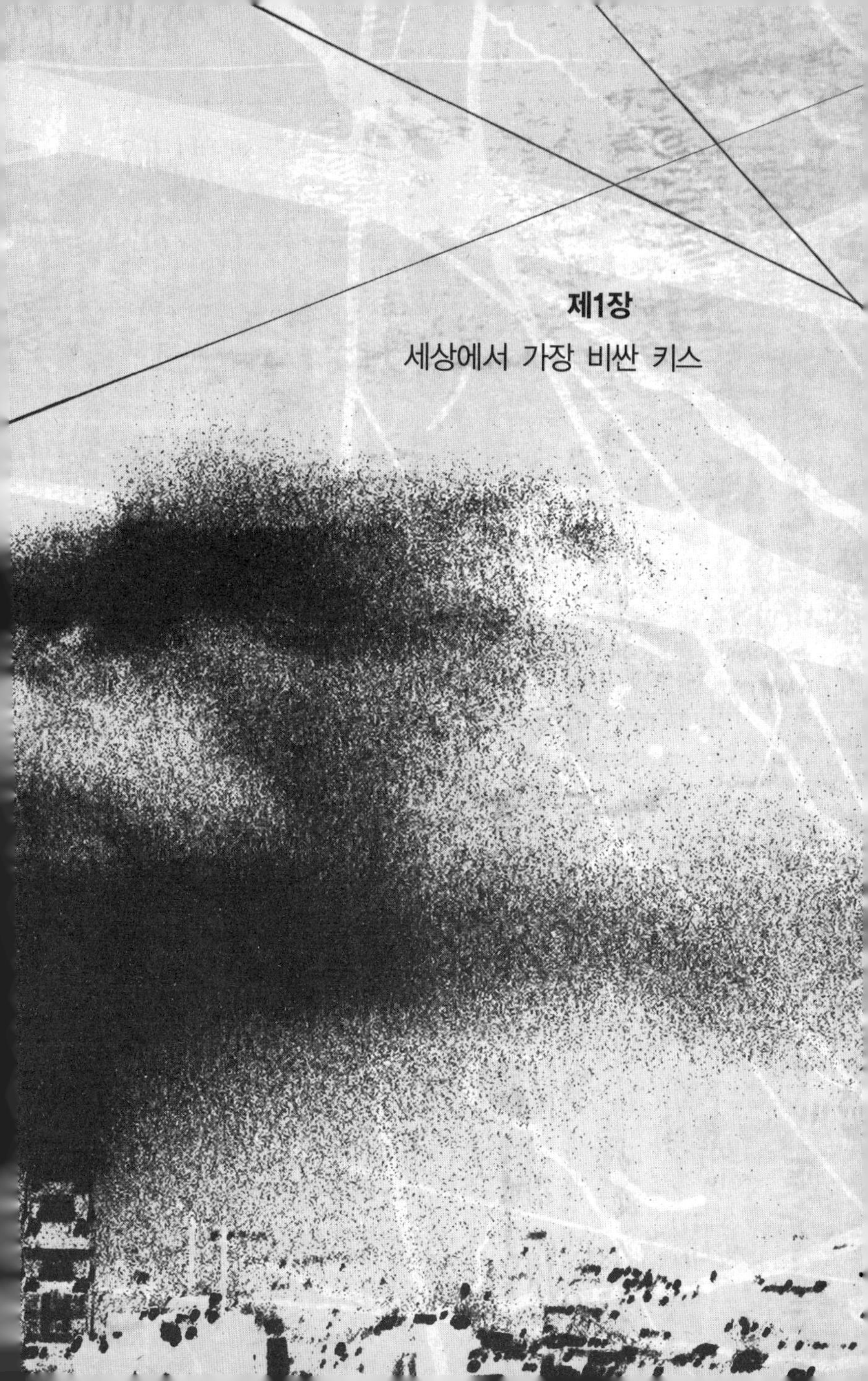

제1장

세상에서 가장 비싼 키스

세계 유일의
남자

〈골프 황제 김완 스위스 컵 슈퍼 메이저 세계 골프 왕중왕전 대진 결과〉

총상금 3,500만 US달러 1등 상금 1,200만 US달러

32강전 김완(한국)—18타 VS 아담 스트리커(영국)—12타 /기준타수 72타.

16강전 김완(한국)—19타 VS 짐 타이렉스(호주)—13타 /기준타수 72타.

8강전 김완(한국)—19타 VS 저스틴 스미스(미국)—14타 /기준타수 72타.

4강전 김완(한국)—27타 VS 필 미켈슨(미국)—7타 /기준타수 72타.

결승 김완(한국)—22타 VS 타이거 우즈(미국)—19타 /기준타수 72타.

우승 김완 준우승 타이거 우즈 3위 필 미켈슨 4위 스티브 윌슨…….

50인치가 넘는 대형 모니터 위에 김완이 골프 클럽을 번쩍 치켜들며 환호하는 모습을 배경으로 대회 결과를 나타내는 자막들이 천천히 떠올랐다.

쐬이이이… 철썩 철썩!

뒤이어 파도 소리가 들리며 푸른 바다와 야자나무 숲이 화면 위로 스치듯 지나갔다.

DBS 보도본부 스포츠국 유니폼을 걸친 남자 캐스터가 클로즈업됐다.

"안녕하십니까, DBS 시청자 여러분! 골프팬 여러분! DBS 골프 캐스터 최중모입니다."

최 캐스터가 오프닝 멘트를 했다.

"해설을 맡고 있는 허운입니다."

"반갑습니다. 스포츠국 조재근 기자입니다."

곧바로 허운 해설자와 조재근 기자가 인사를 했다.

"시청자 여러분! 파도 소리 들리십니까?"

최 캐스터가 1번 카메라를 바라보며 환하게 미소를 지었다.

"보시다시피 지금 제 등 뒤로는 푸른 바다와 함께 야자나무숲과 하얀 모래밭이 마치 한 폭의 그림처럼 펼쳐져 있습니다. 약속드린 대로 오늘은 스튜디오를 미국의 하와이 와이키키 해변으로 옮겨왔습니다."

최 캐스터가 허 위원을 바라다 봤다.

"어떻습니까, 허 위원님? 하와이 바닷가에서 방송하니까 한결 운치가 있지 않습니까?

"하핫! 시청자 여러분께 죄송하네요. 한국은 꽤 춥다는데 저희만 따뜻한 남국에서 호강하는 것 같아서 말입니다."

"조재근 기자 소감은 어떤가요? 그동안 왕중왕전을 취재하시느라 고생하셨는데."

"역시 하와이는 죽여줍니다! 제가 여기 올 때마다 느끼는 것은 취재 기자가 아닌 골프 관광객으로 오고 싶다는 것입니다. 야자나무 숲에서 태평양을 바라보며 공을 치는 선수들이 너무너무 부러웠습니다."

"동감입니다. 저도 중계 내내 골프장의 경치에 넋을 잃었으니까요!"

최 캐스터가 허 위원과 조 기자와 대화를 나누면서 자연스럽게 붉은 불이 들어온 카메라 쪽으로 얼굴을 돌렸다.

“그럼, 오늘 저희와 같이 왕중왕전의 이모저모를 살펴주실 스페셜 게스트 세 분을 모시겠습니다. 직접 자신을 소개해 주실까요?”

“오랜만에 뵙겠습니다. 뉴월드 레드버드 골프팀 감독 주시경입니다.”

“반갑습니다. 같은 팀 헤드 코치 오세라예요.”

“요즘 TV에서 자주 뵙네요. 레드버드팀 코치 겸 선수인 김완입니다.”

김완을 비롯한 뉴월드 레드버드 골프팀 스태프들이 정중하게 인사를 했다.

삑삑삑! 짝짝짝짝!

“골프 황제 김완 파이팅!”

녹화 장면을 지켜보고 있던 DBS 골프 스태프과 갤러리들이 환호하며 박수를 쳤다.

“바쁘실 텐데 나와주셔서 고맙습니다. 세 분!”

최 캐스터가 접대용 멘트를 날리며 주시경에게 먼저 질문을 던졌다.

“주 감독께서는 어떻게 이곳까지 오셨죠?”

“아 예! 다음 주부터 일본 오키나와에서 LPGA 투어 애플 파인 클래식이 열립니다. 우리 팀에서 이수연, 성정아 선수 등 다섯 명이 그 대회에 출전합니다. 전지훈련 차 왔습니다."

"왕중왕전에 출전한 김완 코치를 응원하는 것이 첫 번째 목적이었구요!"

주시경과 오세라가 웃으면서 하와이에 온 용무를 밝혔다.

"알겠습니다. 부디 오키나와에서 좋은 성적 거두시기 바랍니다."

"고맙습니다. 감사합니다."

"김완 선수도 레드버드 팀 스태프이시니까 두 분과 함께 곧 일본으로 건너 가셔야겠군요?"

최 캐스터가 김완에게 시선을 돌리며 말을 걸었다.

"저는 오키나와에 못 갈 것 같습니다. 세계 각국을 돌며 소화해야 할 스케줄이 워낙 많아서……."

김완이 민망한 듯 말꼬리를 흐렸다.

"그럼요! 엄청 바쁘실 겁니다. 골프 시즌이 끝났으니 월드 앤 투어 시즌을 뛰셔야 할 테니까요. 세계 만방에 깔린 그 많은 애인들을 관리하시려면… 에휴!"

"뭐, 김완 선수는 그리 힘들지 않을 겁니다. 골프나 거시기나 똑같이 몽둥이로 하는 경기 아닙니까?"

"아핫핫핫! 깔깔깔깔!"

조 기자와 허 위원이 김완의 여성 편력을 빗대어 너스레를 떨자 최 캐스터 등이 박장대소를 터뜨렸다.

"자, 자꾸 그런 말씀하시면 저 앞으로 DBS 출연 안 합니다. 조 기자님, 허운 교수님!"

김완이 얼굴을 붉히며 핏대를 올렸다.

"오해 마세요, 김완 선수! 전 뉴욕에서 발행되는 US 골프 다이제스트에 실린 '슈퍼 스타들의 휴가' 라는 기사를 옮겼을 뿐입니다."

"저도 봤습니다. 기사 아주 잘 썼던데요. 꽤 디테일하게 취재를 했고……."

"김 PD님! 이거 꼭 편집해 주세요, 지금 두 분 얘기."

조 기자와 허운 위원이 실실거리며 변명인지 선전인지 모를 얘기를 하자 김완이 당황하며 녹화를 지켜보던 김동균 책임 PD에게 황급히 손짓을 했다.

"신경 쓰지 마세요, 김완 선수! 근데 그 골프 다이제스트 어디서 사나요?"

"으하하하! 오호호호!"

김동균 CP의 능청에 또다시 녹화장이 웃음바다로 바뀌었다.

조 기자나 허 위원 김 PD는 사석에서 김완과 형 동생 하는 사이였다.

누구 못지않은 광팬들이었고!

특히, 조 기자는 골프 황제 김완보다 고추 대왕 김완을 훨씬 흠모했다.

"그럼 지금부터 특집방송 '2009 스위스컵 세계 골프 왕중왕 전'의 이모저모! 대한민국의 국보 김완 선수를 직접 모시고 심도 있게 파헤쳐 보도록 하겠습니다."

최 캐스터가 경쾌하게 본론으로 들어갔다.

"먼저 허 위원님과 조 기자께서 대회 성격을 좀 소개해 주시죠?"

"지난 오 일 동안 열심히 중계해 드린 덕분에 이제 시청자들께서도 왕중왕전에 대해 잘 아실 겁니다. 이해를 돕는 뜻에서 다시 한 번 왕중왕전을 간략하게 설명 드리겠습니다."

"이번 왕중왕전은 스위스의 세계적인 명품 시계 메이커인 로렉스 오메가 피아제 등이 공동으로 후원하는 대회죠. 당연히 PGA에서 주관합니다. 올 한해 남자 프로 골퍼의 진정한 왕중왕을 뽑는 아주 권위 있는 대회입니다."

"총상금 3,500만 달러! 우승 상금 1,200만 달러! 웬만한 PGA 대회 열 개의 우승 상금과 맞먹는 그야말로 울트라 슈퍼 메이저 대회입니다."

허 위원과 조 기자가 왕중왕전에 대해 알기 쉽게 브리핑을 시작했다.

"단적으로 말해 일 년 내내 개죽 쑤다가 왕중왕전을 우승하면 끝! 한 방에 골프 인생을 역전시킬 수 있습니다."

"아하하하하!"

조 기자 말은 약간 틀렸다.

세계 골프 왕중왕전은 일 년 내내 개죽을 쑤다가 어쩌고는 아니었다.

국제 프로골프투어연맹에서 선정한 올해 세계 랭킹 1위부터 32위까지 해당되는 남자 선수들만이 출전할 자격이 있었기 때문이다.

즉, 2009년도에 가장 성적이 좋은 32명의 남자 선수들이 출전해 1위는 32위, 2위는 31위, 3위는 30위 등과 토너먼트 방식으로 겨뤄 승자가 다음 라운드에 올라가는 진정한 골프 배틀이었다.

2009년도 세계 골프 최강자를 뽑는 맞짱 대회라고 보며 틀림없었다.

"이 대회는 지난 2005년도에 시작됐습니다. 우리 자랑스러운 대한민국의 아들 골프 황제 김완 선수가 2007년도부터 올해까지 무려 3연패를 했구요."

짝짝짝짝!

최 캐스터가 마무리 멘트를 하자 조 기자 등이 힘차게 박수를 쳤다.

김완이 늘 그렇듯 겸손하게 머리를 숙였다.

"더욱 의의가 있는 것은 이번에 김완 선수가 세계에서 골프 좀 친다는 선수들을 모조리 박살 냈다는 것이죠. 아주 꽉꽉! 이젠 새로운 골프 황제가 아니라 진정한 골프 황제가 됐습니다."

허 위원이 김완의 광팬답게 과격한 표현을 사용해 보충 설명을 했다.

그랬다.

원래 이 프로는 DBS TV 제작편성표에 들어가 있지 않았다.

타이틀에서 보다시피 특집 방송이었다.

김완이 어제 끝난 스위스컵 세계 골프 왕중왕전에서 여유 있게 3연패하자 시청자들과 골프팬들의 열화와 같은 요청에 의해 DBS에서 긴급히 편성한 프로였다.

새로운 골프 황제에서 진정한 골프 황제로 자리매김한 김완을 경축하는 특집방송!

"좋습니다. 이제 1라운드 32강전부터 자료 화면을 살펴보면서 대화를 나눠보도록 하겠습니다."

최 캐스터가 탁자 위에 쌓여 있는 자료집들을 넘기며 톤을 높였다.

휘이익!

김완이 티 박스에서 호쾌한 드라이브 샷을 날렸다.

김완이 그린 위에서 퍼터를 든 채 홀컵을 노려보며 특유의 칼을 든 무사와 같은 포스를 작렬했다.

통…….

골프공이 부드럽게 홀컵에 빨려 들어갔다.

휙휙휙! 짝짝짝!

갤러리들의 환호와 박수 속에 김완이 32강전 상대였던 영국의 아담 스트리커와 악수를 나눴다.

"어떤기요, 허 위원님? 32강전은 김완 선수의 일방적인 승리로 생각되는데?"

최 캐스터가 모니터에서 눈을 돌리며 허 위원에게 질문을 던졌다.

"맞습니다. 기록에서 알 수 있듯 18홀 경기에서 18대 12! 아주 깔끔한 경기였습니다."

"재미있는 것은 이날 김완 선수가 1홀부터 18홀까지 열여덟 개의 버디를 기록했다는 것입니다. 그것도 연속해서! 파도 보기도 이글도 없이 모조리 버디 행진이었습니다."

"아마추어 골퍼들도 잘 아시겠지만 18홀을 돌면서 매 홀마다 버디를 잡는다는 것은 정말 지난한 일입니다. 파도 보기도 없이 말이죠. 어쩌면 김완 선수 같은 골프 황제나 세울 수 있는 기록일지도 모릅니다."

허 위원과 조 기자가 1라운드 32강전의 특이점을 설명했다.

"김완 선수! 이날 팬들이 열광을 했습니다. 골프 황제가 일찌감치 승리를 직감하고 팬들에게 선물한 퍼포먼스라고 말입니다."

최 캐스터가 팬서비스 차원에서 일부러 매 홀마다 버디를 잡는 묘기를 보여준 것이 아니냐는 뜻의 질문을 에둘러 했다.

"하하! 팬들께서 오버하신 겁니다. 골프는 다음 홀에서 어떤 일이 벌어질지 아무도 모릅니다. 상대 선수가 홀인원을 하고 제가 트리플 보기를 범할 수도 있습니다. 자그마치 3,500만 달러짜리 게임입니다. 퍼포먼스 같은 건 절대 있을 수 없죠!"

김완이 단호하게 부인했다.

"아하, 그렇군요. 김완 선수 말을 들으니 확실하게 이해가 됩니다."

"김 CP님! 32강전 3번, 9번, 17번 홀 경기 장면을 다시 한 번 돌려주세요."

최 캐스터가 미소를 띠며 고개를 주억거리자 돌연 조 기자가 김 PD에게 리플레이를 요구했다.

땅! 김완이 3번 아이언으로 공을 쳐서 가볍게 온 그린 시켰다.

조 기자가 모니터에 뜬 화면을 가리켰다.

"이 장면! 홀과 불과 5미터 정도 떨어진 거리였는데 충분히 이글을 잡을 수 있지 않았나요, 김완 선수?"

"컨디션이 나쁜가? 많은 관계자들이 이렇게 생각했습니다. 평소 김완 선수 실력이라면 확실하게 이글을 잡을 수 있는 찬스였거든요."

"진짜 두 분 때문에 못살겠어요! 아니, 제가 왜 이글을 마다하고 버디를 택하겠어요? 제 딴에는 안전하게 경기를 운영 한 겁니다. 긴장도 되고 해서!"

"긴장요?"

"김완 선수가 골프 시합을 하면서 긴장을 할 때가 다 있나요?"

"나 참! 자그마치 우승 상금이 1,200만 달러나 되는 경기입니다. 당연히 긴장되죠. 제가 무슨 골프 신도 아니고……. 두 분 하곤 너무 안 맞아. 담당 기자와 해설 위원을 바꿔 달라고 해야지 안 되겠어!"

김완이 계속해서 따지고 드는 조 기자와 허 위원을 째려보며 툴툴댔다.

조 기자와 허 위원이 의미심장한 미소를 지었다.

김완의 성격상 완강하게 부정하는 것은 바로 긍정이었다.

두 사람 아니, 많은 골프팬들은 이미 잘 알고 있었다.

분명히 김완은 32강전 3번 홀 등 서너 개 홀에서 이글을 잡을 수 있었지만 일부러 버디로 그쳤다.

출전 선수 중 아담 스트리커가 가장 약자였기에 무참하게 짓밟고 싶지 않았던 것이다.

또 그렇게 경기를 운영하다 보니 우연히 18홀 모두 버디를 기록했던 것이고.

이것이 바로 골프 황제 김완 특유의 인간성이었다.

약자에게는 약하고 강자에는 강한!

그래서 골프팬들이 김완에게 더욱 열광했다.

"컷! 잠깐 카메라 배터리 좀 교환하고 가겠습니다."

김 PD가 녹화를 중단시켰다.

"이제 골프팬들이 하와이 대첩이라고 부르는 4강전입니다. 결론부터 말씀드리면 세계 랭킹 3위의 필 미켈슨이 개박살 났습니다. 정말 엄청납니다. 무려 27대 7입니다. 27대 7!"

최 캐스터가 입에 거품을 물었다.

"한국 골프팬들은 이 경기를 가장 재미있게 보셨을 겁니다. 김완 선수가 마구 날아 다녔으니까요."

"김완 선수는 어떻게 생각하십니까? 많은 팬들은 김완 선수가 지난번 PGA 챔피언십에서 필 미켈슨에게 당한 분풀이를 했다고 생각하는데!"

허 위원이 넌지시 김완에게 질문을 던졌다.

"또, 또 이러시네? 허 교수님도 골프 선수 출신이니까 잘 아시잖습니까? 골프가 보복하고 싶다고, 원수 갚고 싶다고, 그게 마음대로 되는 스포츠인가요?"

"되죠!"

"예에?!"

"김완 선수는 됩니다. 4강전 8번 홀을 다시 한 번 보실까요!"

쾅!

김완이 드라이버로 호쾌하게 스윙을 했다.

딸깍!

그린 위에 올라온 공이 강력한 자석에 이끌린 듯 지체 없이 홀 속으로 빨려 들어갔다.

"와아아아아!"

"잘 보셨습니까? 시청자 여러분! 이것이 바로 골프 황제 김완의 핵폭탄 같은 드라이버샷입니다."

엄청난 함성이 터지는 모니터를 등진 채 허 위원이 미소를 띠며 김완을 쳐다봤다.

"1라운드 32강전 하고는 분위기가 완연히 다르죠? 모니터에 떠 있는 김완 선수의 저 얼굴 좀 보세요. 서리까지 잔뜩 내려 있어요. 파 포 8번 미들 홀! 네 번을 쳐서 홀에 넣으면 아주 이상적인 홀입니다. 근데 김완 선수는 딱 한 방에 넣었습니다. 딱 한 방에!"

"너 이 시키 잘 만났다, 오늘 뒈졌어! 뭐, 이런 뜻이죠!"

"아핫핫핫! 호호호호!"

허 위원의 해설에 이어 조 기자가 넣는 추임새에 출연진들이 뒤집어졌다.

"주 감독님, 오 코치님! 저게 가능한가요?"

"글쎄요? 저도 PGA 투어에서 홀인원은 이번에 처음 봤습니다."

"파 쓰리 홀에서는 여러 번 봤지만 파 포 홀에서 홀인원은……. 게다가 세계적인 남자 프로 골퍼들이 출전하는 공식 경기에서는 좀처럼 볼 수 없는 희귀한 장면이에요."

최 캐스터의 질문에 주 감독과 오 코치가 고개를 저었다.

"그림에서 보셨다시피 김완 선수가 신중에 신중을 기해 샷을 구사했습니다."

"아담 스트리커나 저스틴 스미스하고 경기할 때와는 달

라도 너무 다릅니다. 즉 파 포 홀에서 홀인원을 노릴 만큼 필 미켈슨을 죽이려고 작정한 거죠!"

"조, 조 기자님! 이제 저를 살인자로 몰고 가십니까?"

"예! 필드 위에 살인자입니다. 27대 7이라는 점수가 그것을 증명합니다."

조 기자가 단언했다.

"후훗, 멋있군요! 김완 선수에게 골프 황제에 이어 필드 위에 살인자라는 별명이 하나 더 붙었어요."

"고추 대왕이란 별명도 있습죠!"

"조 기자니이임— 째그니이이이 형!"

"와하하하하!"

조 기자가 고추 대왕이란 별명을 기론하지 출연자들이 일제히 폭소를 터뜨렸다.

"자아아! 마지막으로 이번 대회의 하이라이트인 결승전으로 가보실까요?"

신기하게도 결승에서 타이거 우즈와 김완이 버디를 주고받으며 박빙의 승부를 펼칠 때도 조 기자나 허 위원 등이 특이한(?) 해설을 하지 않았다.

모니터에 이 아가씨 얼굴이 떠오르기 전까지는 말이다.

새파란 잔디 위로 지옥에서 뛰쳐나온 개 꽃님이가 달려왔다.

김완이 활짝 웃으며 꽃님이를 안고 쓰다듬어 줬다.

—어떻게 된 건가요? 이번에 숙녀 대신 강아지입니까?

—저기 달려오는 숙녀 안 보이시나요?

—드디어, 드디어 저분이 오셨군요!

최 캐스터와 허 위원의 음성과 함께 김완이 신채린을 번쩍 안는 모습이 모니터에 클로즈업됐다

—신채린! 신채린! 신채린!

갤러리들이 신채린을 연호했다.

"신기하군요. 신채린 씨가 왕중왕전을 우승하셨나요?"

"정말 엄청난 슈퍼스타입니다. 가히 지구촌 전체를 아우르는 인기예요!"

"이 미국의 하와이 오아후 골프장에 입장한 갤러리들이 김완 선수 대신 신채린 씨를 연호할 정도니 말입니다."

최 캐스터와 허 위원 등이 모니터를 보면 감탄사를 연발했다.

"드디어 올 분이 오셨네요. 김완 선수?"

"그동안 수많은 미인들이 김완 선수가 우승을 하는 자리에 출현했었습니다. 진한 우승 세러모니도 여러 번 보여줬구요!"

"그때마다 많은 팬들이 의아해 했죠. 왜 정작 신채린 씨는 나타나지 않을까?"

"……."

최 캐스터 등이 이때다 하고 김완에게 달려들었다.

하지만 김완은 평소와 달리 전혀 변명을 하지 않고 얼굴만 붉힐 뿐, 노 코멘트였다.

세계 원톱의 배우 신채린에게는 오랫동안 지켜온 금기가 하나 있었다.

지인들을 자신이 출연하는 영화나 드라마 촬영장에 절대 오지 못하게 했다.

김완은 아예 촬영장 근처에 얼씬거리지도 못했다.

부담감이란 괴물이 주범이었다.

당연히 신채린도 김완이 시합을 하는 골프장에 한 번도 가지 않았다.

촬영장은 신채린의 일터였다.

골프장은 김완의 일터였고!

어떤 사람이 직장까지 마누라나 남편이 쫓아오는 것을 좋아할까?

신채린의 속내였다.

그런 신채린이 하와이 오아후 골프장에 나타난 것은 김완이 직접 LA까지 가서 데려왔기 때문이다.

신채린은 지금 재발하려는 우울증을 치료하기 위해 하와이라는 병원에 입원했다.

담당 의사는 김완이었다.

"김완 선수! 오늘 인터넷 검색해 보셨나요?"

"실시간 검색어 일위에 '김완 왕중왕전 우승과 일억 안티 양병설' 이 올랐어요."

"일억 안티 양병설요?!"

일억 안티 양병설!

최 캐스터와 조 기자가 조선시대 선조 때 율곡 이이 선생이 주장했던 십만대군 양병설을 빗대어 겁을 주자 김완이 화들짝 놀랐다.

"김완 선수가 왕중왕전이 끝났을 때 신채린 씨를 안고 키스한 결과입니다."

"전 세계에 포진한 신채린 씨 팬이 십억 명이랍니다. 그중에 일억 명이 김완 선수 안티로 돌아선 거죠."

"졸지에 어마어마한 적군이 생겼군요."

"뭐, 아직 집계 중이라니까 넉넉잡아 이억 명쯤은 될 겁니다."

"사흘 뒤에 또 검색어 순위 일위가 되겠군요.' 세계에서 가장 비싼 키스를 한 남자' 이렇게요."

"핫핫핫핫! 깔깔깔!"

김완의 너스레에 하와이 와이키키 해변으로 파도 대신 웃음이 밀려왔다.

김완이 골프채를 잡은 것은 걸음마를 하기도 전의 일이었다.

골프 마니아였던 김완의 아빠가 백일상 위에 골프채와 골프공을 올려놨으니까!

그때부터 지금까지 김완은 하루도 골프채를 손에서 놓은 적이 없었다.

그동안 헤아릴 수 없이 많은 대회를 치렀다.

한데, 이번 왕중왕전은 유난히 컨디션이 좋았다.

거짓을 좀 보태 눈 감고 스윙을 해도 공이 원하는 지점에 한 치의 오차도 없이 딱딱 떨어졌고, 직경 10.8센티미터짜리 홀컵이 큼직한 밴홀처럼 보였다.

신의 영역이라는 뇌에서 흘러나온 선천양기 덕분이었다.

선천양기는 소설에서 나오는 것처럼 복잡한 운기조식이나 호흡법을 통해서 뽑아내는 기운이 아니었다.

단잠을 잘 때, 산소가 풍부한 바닷가나 산속을 거닐 때, 사랑하는 여자와 즐겁게 섹스를 할 때, 이런 때 자연스럽게 흘러나왔다.

김완은 신채린을 데리고 하와이로 올 때 이미 왕중왕전의 우승을 포기했다.

신채린의 우울증 치료가 먼저였기 때문이다.

왕중왕전에 대한 욕심을 접은 김완은 하와이에 도착한 그날부터 오늘까지 그저 신채린과 노는 데 열중했다.

아침에 일어나 신채린과 함께 와이키키 해변을 산책했고, 낮에 연습 라운드를 뛸 때는 신채린을 캐디 삼아 골프를 즐겼다.

물론 밤에는 신채린과 열심히 사랑을 나눴고!

한데, 결과는 정반대였다.

그동안 참가했던 그 어떤 대회보다 쉽게 우승컵을 거머쥐었다.

신채린의 우울증을 치료하기 위해 행했던 그 일련의 일들이 선천양기가 뿜어져 나오기에 가장 적합한 환경을 만들어줬고, 마음을 비우고 골프를 즐긴 것이 그동안 해왔던 그 어떤 연습보다 효과적인 연습이 된 셈이었다.

오백 년 역사를 자랑하는 스포츠로써 일억 명이 넘는 사람이 즐긴다는 골프!

키스 한 번에 이억의 안티를 양산해 세계에서 가장 비싼 키스를 한 남자 김완은 세계 골프 올해의 상금 왕, 세계 남자 프로 골프 올해의 다승 왕, 세계 남자 프로 골프 올해의 선수, 세계 남자 프로 골프 128주 연속 세계 랭킹 1위, 지구 최고의 스포츠 스타라는 어마어마한 기록들도 함께 세웠다.

더불어 김완은 골프 황제에서 골프 신(神)이 됐다.

*　　　*　　　*

끼룩끼룩! 쏴아아아…….

핏빛 노을 속으로 새들이 날아가고 하얀 모래밭 위로 파도가 밀려왔다.

김완이 뭔가 찾는 듯 두리번거리며 노을이 지는 바닷가를 걸어갔다.

"…연주 잘 있냐?"

"연주? 연주가 누구야?"

조재근 기자가 김완의 뒤를 따라오며 말을 붙였다.

김완은 왕중왕전 특집방송 녹화를 마친 뒤 DBS 골프 제작진들과 회식 자리가 시작되자 슬며시 빠져나왔다.

혼자 있을 신채린이 마음에 걸렸기 때문이다.

조재근 기자는 녹화 중에 자신이 했던 농담 때문에 기분이 상한 것이 아닐까 하는 노파심에서 김완을 부랴부랴 쫓아왔고!

"이게? 황연주 몰라? 황 PD! 네 친구 정 회장 앤."

"그렇게 얘기해야 알지, 깜짝 놀랐잖아. 나도 모르는 여자애가 또 있나 하구 말야."

"답네, 다워. 얼마나 앤이 많으면 이름조차 헷갈릴까?"

"째그니 형! 또 그쪽으로 몰구 갈래?"

"미안 미안! 널 보면 막 열이 받아. 난 이 나이 되도록 애인 하나 없는데 씨……."

"난 솔직히 형이 부러워. 최소한 여자들 때문에 속 썩을 일은 없잖아?"

"너 지금 형 약 올리는 거지? 얼마나 따면 앤 하나도 없냐고. 그치, 임마?"

"형도 여자애들한테 한번 시달려 봐. 고문이야, 고문!"

"시키는……. 근데 연주, 올 크리스마스에 정 회장하고 결혼한다는 거 사실이냐?"

"응! 연주 제 정신 차리기 전에 얼른 데려와야겠대, 정 회장이!"

"마이 피앙세여! 이젠 영원히 날아갔군요. 피휴휴휴휴!"

조 기자가 하와이란 섬이 바다에 가라앉을 만큼 길고 크게 한숨을 내쉬었다.

"이제 어디 가서 연주 같은 여자애를 찾냐? 딱 내 이상형이었는데 못 생겼다고 까였으니 띠발!"

"……."

조 기자가 김완을 힐끔 힐끔 쳐다보며 신세 한탄을 했고,

"야! 총각 귀신이 곡소리를 냈으면 뭔 반응을 보여야 될

거 아냐?"

갑자기 빽 소리를 질렀다.

"지금 나한테 하는 말이었어?"

"당빠지 시키야! 꼭 내 입으로 여자 좀 소개시켜 달라고 해야 되냐? 쪽 팔리게!"

"형도 참!"

"네가 타다 버린 중고차라도 괜찮아. 하나 해줘!"

"무슨 말을 그렇게 해? 내가 타다가 버린 중고차라니?!"

김완이 타다 버린 중고차.

김완이 사귀다가 싫증나서 차버린 아가씨들을 뜻했다.

조 기자가 기자답게 색감 있는 표현을 했다.

"진짜 괜찮아. 채린이나 희라 같은 초대형은 기름값 없어서 줘도 못타! 그러니까 내 능력에 맞는 경차로 골라줘 봐."

"알았어! 여자들하고 어떤 식으로든 얽히기 싫은데, 에이……."

"약속했다 너? 기대된다. 고추 대왕이 소개시켜 주는 여자는 어떤 여자일까?"

조 기자가 황연주 얘기를 꺼낸 것은 평소와 달리 분위기가 다운된 김완과 대화를 트기 위해 던진 일종의 떡밥이었다.

내일모레 사십인 조 기자에게 피앙세니 이상형이니 하는

단어들은 손발이 오글거리는 얘기였다.

한데, 착한이 김완이 진진하게 받아들이면서 소개팅을 시켜주는 것으로 결론이 났고, 조 기자로 하여금 기대만발하게 만들었다.

기대할 만도 했다.

김완 주위에 있는 여자들은 하나같이 입이 딱 벌어질 만큼 미인이었다.

심지어 백 세를 훨씬 넘긴 큰할머니조차도 미인이었다.

당연히 조 기자에게 소개시켜 줄 여자도 무지 예쁠 것이다.

"어떤 여자가 좋아? 대학생 연예인 골프 선수?"

"이 나이에 여대생은 강아지 새끼 소리를 듣겠지? 골프 선수 애들은 눈이 정수리에 붙어 있으니까 꽝이고! 연예인이 좋겠다. 기자라는 내 직업도 잘 이해할 테고 말야."

"연예인이라면 어렵지 않지. 귀국하는 즉시 소개팅시켜 줄게."

"오키! 근데 힌트 쫌만 줘라. 채린이 친구냐?"

김완이 주저 없이 콜하자 조 기자가 호기심이 동한 듯 급히 신상을 털었다.

"우리 회사 소속 연예인이니까 리나 친구도 되고 내 친구도 되고……."

“예, 예뻐?”

“연주보다 훨 예뻐! 나이는 이십대 후반이고 코알라처럼 아담하고 귀여워. 형 마음에 딱 들 거야.”

“읔읔! 갑자기 호주에 가서 코알라를 보고 싶다.”

웡웡!

조 기자가 코알라처럼 귀여운 아가씨를 상상하며 뛰는 가슴을 진정시킬 때 뒤에서 개 짖는 소리가 들려왔다.

“녹화 끝났어, 여보야?”

선글라스를 쓴 신채린이 지옥에서 뛰쳐나온 개, 꽃님이를 데리고 반갑게 뛰어왔다.

팟!

신채린이 방금 말한 코알라처럼 김완의 품속으로 뛰어들고,

“하아아아…….”

김완의 목에 매달려 진하게 키스를 했다.

‘이것들이 정말?! 헤어진 지 얼마나 됐다고 저렇게 찐하게 키스를 하는 거야? 늙은 총각 혈압 터져 뒈져라 이거지!’

조 기자가 도끼눈을 떴다.

‘두 녀석이 잘 어울리기는 엄청 잘 어울리네. 그대로 한 편의 영화야. 노을이 지는 와이키키 해변에서 만난 사랑하는 남녀 주인공의 키스 씬!’

조 기자가 부러운 듯 연신 입맛을 다실 때,

"웬 모래야?"

김완이 키스를 멈추고 신채린의 몸을 털어줬다.

"히히, 써핑 보드를 타고 귀찮아서 샤워를 안 했어."

"그럼 천연 해수 사우나를 하자! 목표는 저기 노란 풍선—"

김완이 미소를 띠며 멀리 바다 위에 떠 있는 커다란 풍선을 가리켰다.

"지는 사람이 이기는 사람한테 뽀뽀 천 번 해주기!"

"좋아! 쓰리 투 원… 땅!"

"가자, 꽃님아!"

김완과 신채린, 꽃님이가 모래밭을 달려가 그대로 바다로 뛰어들었다.

"나도 울 앤하고 저런 내기를 하고 싶다……. 지는 사람이 뽀뽀 천 번 해주기… 그럼 난 항상 져줄 텐데……."

조 기자의 입가로 침이 주르르 흘러 내렸다.

"깔깔깔!"

"이건 반칙이야, 임마!"

신채린이 헤엄을 치다가 개구쟁이 웃음을 터뜨리며 재빨리 김완 등에 올라탔다.

"진짜 천생연분이다. 지치지도 않고 잘 놀아. 그것도 아주 재미있게! 지루한 듯싶으면 장소를 침대로 옮겨 종목을 레슬링으로 바꾸고… 나쁜 시키들……!”

조 기자가 바다에서 깔깔대는 놀고 있는 김완과 신채린을 쳐다보며 투덜댔다.

조 기자는 DBS 스포츠부 기자로 활동하기 전에 연예부 기자를 거쳤다.

당시 신채린을 그림자처럼 좇아다니며 취재했기에 신채린을 아주 잘 알았고 무척 가까웠다.

“세상에 이런 일이-”

“여왕마마 때문에 대한민국이 발칵 뒤집혔거늘?”

“마마께서는 와이키키 해변에서 황제 폐하와 깨를 볶고 계시네!”

다섯 명의 동양인 남녀가 바다에서 신나게 놀고 있는 신채린과 김완을 발견하곤, 어이가 없다는 듯 탄성을 질렀다.

한국어를 유창하게 구사하는 것으로 미루어 한국 사람들이 분명했다.

‘채린이 때문에 한국이 뒤집혀?’

조 기자가 한국인 남녀들의 대화를 엿듣고 기자 특유의 촉을 세웠다.

그랬다.

지금 한국은 막 겨울이 시작됐지만 여름이 다시 찾아온

듯 전국이 펄펄 끓었다.

〈영화배우 신채린 아카데미 여우주연상 다섯 번째 분루〉 사건 때문이었다.

그 파장이 얼마나 큰지 이번 주에 시행되는 국회의원 선거조차 묻힐 정도였다.

지구상에서 가장 예쁜 생물체!

지난가을 서울대 축제 때 백만여 명의 인파를 간단히 동원한 대한민국 건국 이래 최고의 슈퍼스타.

이 스타가 2009년 아카데미 여우주연상에 노미네이트되었다가 마지막 결선에서 또다시 고배를 마셨다.

벌써 다섯 번째였다.

누가 봐도 이긴 경기에서 동양인이라는 이유로 번번이 판정패를 당했다.

거기에 주인공인 신채린이 LA에서 받은 쇼크를 견디지 못하고 쓰러져 하와이로 실려가 요양 중이라는 루머가 대한민국을 강타했다.

급기야, 신채린의 팬들은 조기를 계양하고 검은 리본을 다는 퍼포먼스로 분노를 표출했다.

그 분노는 점점 일반 국민들에게까지 전이되면서 걷잡을 수 없이 번졌다.

해묵은 반미 감정까지 가세하면서 양키 고 홈을 외쳤고

주한미대사관과 주한미군 부대들의 홈페이지가 마비되고 테러 위협이 빗발쳤다.

신채린을 젖히고 아카데미 여우주연상을 받은 데보라 캐트린은 졸지에 한국민의 공공의 적이 됐고, 최우방국인 미국과 문화 전쟁이 터졌다.

한데, 정작 장본인인 신채린은 아무 일 없다는 듯 하와이 바닷가에서 애인과 함께 즐겁게 놀고 있었으니!

"어쨌든 신 회장 컨디션이 좋아 보이니 마음이 놓이네요, 감독님!"

그런 그들을 떨어진 곳에서 바라보고 있는 일단의 무리가 있었다.

그중 말투까지 귀여운 이십대 여자, 진선미가 사십내 남자를 보며 말했다.

"다행이다, 다행이야!"

사십대 남자가 길게 한숨을 쉬며 얼굴의 땀을 훔쳤다.

"발리에 있는 애들 당장 이리로 날아오라고 해. 정 PD와 백 PD는 하와이 방송사에 가서 스튜디오 섭외하고!"

"옛, 부장님!"

사십대 남자가 삼십대 사내들에게 급히 지시를 했다.

"장비 챙겨서 올 테니까 선미, 넌 여기서 지키고 있어. 신 회장 절대 다른 데로 튀지 못하게 해. 알았지?"

"네, 부장님! 근데 여기서 쇳 들어가는 거예요?"

"당연하지! '두 여자' 예고편 쏜 지가 언제냐? 내년 초에 본방 내보내지 못하면 나부터 시작해서 수백 명 간다."

사십대 남자가 손으로 자신의 목을 자르는 흉내를 냈다.

신채린은 ㈜SK1의 회장직을 맡고 있었기에 영화계나 방송계에서는 신 회장으로 통했다.

회장이 정중환으로 바뀐 지금도 신채린은 여전히 신 회장이었다.

'저 작자들은 누구지? 맞아! MBS 드라마 본부 이상연 부장하고 쫄따구들이구만. 쟤는 요즘 한창 뜨는 여자 탤런트 진선미고!'

조 기자가 쉽사리 한국인 남녀들의 신상을 파악했다.

스포츠부 기자로 소속이 바뀐 지 오래였지만 잘나가는 PD나 연예인들은 여전히 기억하고 있었다.

이상연 부장은 히트 작품 제조기로 불리는 MBS 드라마 본부의 간판 PD였다.

진선미는 귀요미 캐릭터로 한창 상종가를 치는 MBS 전속 탤런트였고!

'신채린 찾아 삼 만리구만. 녀석을 따라 하와이까지 쫓아왔어.'

"정말 하느님이 보우하사네!"

조 기자가 저간의 사정을 꿰고 쓴웃음을 지을 때 진선미가 한숨을 쉬며 김완과 신채린이 풍선을 던지며 놀고 있는 바다 쪽으로 걸어갔다.

"그 여자 엎어지는 줄 알고 얼마나 마음을 졸였는지, 에효……."

진선미가 긴장이 풀리는 듯 그대로 백사장에 주저앉았다.

영화계나 방송계의 관계자들은 어떤 영화나 드라마가 본방까지 가지 못하거나 극장에 걸리지 못하고 중도 하차를 할 때 흔히 '엎어지다' 라는 표현을 썼다.

진선미가 주저앉을 만했고, MBS 드라마 본부의 PD들이 하와이까지 쫓아올 만했다.

〈그 여자〉는 드라마 왕국이라는 MBS에서 창사 50주년 기념 특집으로 수백억 원을 투자해 제작하는 50부작 대하드라마였다.

대학 선배인 이상연 부장이 신채린을 일 년이 넘도록 쫓아다니며 애걸복걸해 간신히 섭외를 했고, 예고편까지 찍어 아침저녁으로 때리는 중이었다.

이미 드라마의 앞뒤에 붙는 60개의 광고가 완판됐고, 드라마가 방영될 때 비추는 간접 광고까지 깡그리 팔아먹었다.

이 시점에서 주인공인 신채린이 낙마하면 그야말로 떼죽음이었다.

"지금도 안심할 단계는 아닌 것 같습니다."

"어머머— 조 기자님?!"

조 기자가 다가가며 말을 걸자 진선미가 화들짝 놀라며 일어섰다.

진선미는 올해로 연예계 경력 만 십 년이었다.

당연히 조 기자를 알고 있었다.

"오랜만입니다, 선미 씨!"

"넘 반가워요. 조 기자님을 하와이에서 다 뵙네요!"

"저도 신기합니다. 늘 방송사에서 만나다가……."

"아항……. 왕중왕전 취재차 오셨구나! 그쵸, 조 기자님?"

"예! 김완 선수가 쉽게 우승을 해서 기분 좋게 취재하고 내일 귀국합니다."

"진짜 우리 전무님 죽여줬어요. 완전 짱짱맨이야!"

진선미가 물에 흠뻑 젖은 신채린의 손을 잡고 바다에서 걸어 나오는 김완을 바라보며 호들갑을 떨었다.

진선미는 김완이나 신채린을 조 기자만큼이나 잘 알았다.

㈜SK1 소속 연예인이었기 때문이다.

"근데 안심할 단계가 아니라는 말은 무슨 뜻이에요, 조 기자님?"

진선미가 마음에 걸린 듯 예쁜 눈동자에 근심을 가득 담은 채 조 기자를 바라봤다.

"선미 씨도 잘 아시지 않습니까? 신 회장은 목에 칼이 들어와도 약속을 어기는 사람이 아닙니다. 그런 사람이 모든 스케줄을 취소하고 이곳으로 잠수를 탔다는 건 몸이 지독하게 안 좋다는 뜻이죠."

"……!"

"열흘 쯤 쉬어서 완치될 병 같았으면 스케줄을 취소하지 않았을 겁니다, 아마!"

"저, 정말 그러네요?"

확실히 민완기자였다.

조 기자는 김완이 신채린을 데리고 하와이에 나타날 때부터 수상한 눈길을 보냈다.

그동안 김완은 어떤 종교의 예배 의식만큼이나 숭고하고 경건하게 경기에 임했다.

한데, 이번에는 미리 시합을 포기한 사람처럼 하와이에 도착한 날부터 지금까지 지겨우리만치 신채린과 붙어 있었다.

뒤이어 MBS 드라마 본부의 이상연 부장까지 하와이로

달려왔다.

이쯤에서 조 기자는 모든 사건을 완벽하게 추리했다.

단 하나, 조 기자가 놓친 것이 있었다.

짐작한 것처럼 신채린의 병은 정신과 전문의의 도움을 받아 최소 육 개월에서 일 년은 치료해야 완치시킬 수 있는 중병이었다.

하지만 김완은 그런 중병조차 단 열흘 만에 치유시킬 수 있는 명의였다.

김완은 신채린이 가장 신뢰하는 주치의였다.

"신 회장 아프면 절대 안 돼요. 그 여자 엎어지면 수백 명 엎어져요. 난 이 드라마에 올인했어요. 제가 뜰 수 있는 절호의 찬스거든요!"

"신 회장이 선미 씨 소속사 보스인데 설마……."

진선미와 조 기자의 대화는 여기서 끊겼다.

뒤편에서 실제로 수백 명의 인간이 엎어지는 듯한 비명이 터졌기 때문이다.

"아후후후— 신짱! 괜찮은 거야?!"

"정말이죠, 누나! 아프시지 않은 거죠?"

"우리 신짱 얼굴이 이게 뭐야?? 너무 새까매!"

"미쳐 미쳐! 왜 이렇게 말랐어요, 신짱 언니?!

칠팔 명의 이십대 남녀가 해변에서 신채린을 포위한 채

난리법석을 떨었다.

"울 신짱! 절대 아프면 안 돼!"

"끅끅끅—언니! 정말 괜찮은 거죠?"

갑자기 이십대 남녀가 신채린을 부여잡고 울음을 터뜨렸다.

신짱!

팬들이 신채린을 부르는 애칭이었다.

"……!"

신채린이 엄청난 충격을 받은 듯 말없이 예쁜 눈을 껌벅였다.

"내가 걱정돼서… 여기까지 온 거야??"

"흑흑흑— 죄송해요 신쌍 언니!"

"미안해, 신짱! 더 일찍 와야 하는데 '우배신', '신신당부' 임원들 하고 이견이 있어서 늦었어."

"그 미친것들은 신짱이 그냥 조용히 요양할 수 있도록 지켜보재요."

"무슨 개소리야! 누나가 이렇게 말라죽어 가는데 당장 달려와야지, 병신들!"

느닷없이 이십대 남녀들이 흥분을 하면서 목청을 높이기 시작했다.

"난 이제 괜찮아. 아픈 데 없어!"

신채린이 상황을 눈치채고 감격한 눈길로 이십대 남녀들을 바라봤다.

신채린이 감격할 만도 했다.

한국에 있는 회원만 이백만 명이 넘는다는 신채린 팬덤!

신채린에게 무조건 충성을 바치며 무리를 지어 신충이라 불리는 이들.

신사모, 우배신, 신신당부 등등, 인터넷 포털 사이트에 적을 두고 활동하는 신채린의 팬클럽 이름들이다.

지금 하와이까지 몰려와 호들갑을 떠는 신충이들은 바로 신채린의 팬클럽 중 가장 왕성하게 활동하는 신사모의 임원들이었다.

믿기 힘든 사실이지만, 신채린을 위문하기 위해서 한국에서 이곳 하와이까지 날아왔던 것이다.

이 정도는 믿기 힘든 사실도 아니었다.

인터넷 포털 사이트에 개설돼 있는 유명 연예인의 팬클럽이나 팬 카페 수위를 한 번쯤 눈팅한 사람이라면 광팬들이 스타들을 얼마만큼 추종하는지 잘 안다.

그들은 클럽이나 카페에 접속해 24시간 365일 동안 쉴 새 없이 자신들이 좋아하는 스타에 관한 정보를 교환하고 대화를 나눈다.

어떤 행사가 있으면 부모형제보다 먼저 달려가 응원하고

도와준다.

그 장소가 하와이든 시베리아든 개의치 않는 광팬들도 부지기수였고!

실제로, 일본의 유명한 여자 가수가 죽었을 때 많은 광팬들이 자살했다는 보도가 있을 정도였다.

"먼 길 오시느라고 고생들 하셨습니다. 같이 가셔서 식사나 하시죠?"

김완이 미소를 띠며 말했다.

"우리 신사모 식구들 알지?"

"그럼 서현선 회장님, 문숙희 총무님… 전에 먼발치에서 여러 번 뵈었잖아!"

신채린이 이색한 표정으로 신사모 임원들을 소개했고 김완이 고개를 주억거렸다.

"반갑습니다. 여러분들이 미워하는 〈닉〉입니다!"

"아, 네!"

"아, 안녕하세요!"

김완이 인사를 하자 신사모의 회장인 서현선 등이 얼굴을 붉히며 인사를 받았다.

닉!

신채린의 팬들이 김완을 부르는 별명이었다.

이는 와니 개새끼의 줄임말이었다.

와니에서 니를 따왔고, 개새끼에서 기역을 따왔다.

아이러니하게도 신채린과 함께 대한민국의 원투 펀치로 꼽히는 골프 황제 김완을 신채린 팬들은 소름 끼칠 정도로 싫어했다.

신채린의 팬클럽이나 카페에 들어가 보면 단 한 시간도 김완이 까이지 않는 날이 없었다.

꼭 죽여야 할 마두 중의 마두!

세상에서 제일 먼저 척결해야 될 악의 축!

신성불가침의 죄를 날마다 범하는 영원한 수배자!

김완으로 인해서 신채린이 스스로 목숨을 끊으려 했고, 바람둥이 김완 때문에 늘 신채린이 속을 끓이고 있다.

—미친 닉이! 닉 개개끼가! 닉 씨발넘이…….

신채린을 신으로 섬기는 신충이들은 김완을 이렇게 생각했다.

그 불구대천지 원수 닉과 신사모 임원들이 정면으로 마주쳤으니 얼굴을 붉힐 수밖에 없었다.

이런 사실을 익히 알고 있는 신채린은 어쩔 줄 몰랐고!

'이렇게 가까이서 보니까 너무 잘생겼다 닉…….'

'완벽해. 무슨 생얼이 그리스 신 조각상 같지?'

'짜증나! 남자가 목소리가 왜 이렇게 아름다운 거야?'

'신짱이 죽자 사자 쫓아다니는 이유를 이제야 알겠네.'

신채린에게 절대 충성을 맹세한 신충이들도 불구대천지 원수인 김완을 일 미터 앞에서 조우한 순간 그 멋진 포스에 예외 없이 흔들렸다.

여기는 세계 최고의 휴양지요, 신혼여행지 영순위라는 하와이 와이키키 해변!

수많은 영화 속에서 소설 속에서 나왔던 그 섬, 그 바닷가였다.

* * *

땅!

신채린이 멋진 드라이버 샷을 날렸다.

"굳— 샷!"

드라이버를 캐디에게 건네주며 날아간 골프공을 따라 천천히 잔디밭을 걸어갔다.

힐끔!

신채린이 무슨 생각이 떠올랐는지 뒤를 돌아봤다.

"……!"

문득, 초록색 잔디밭 저편에서 서너 살쯤 된 예쁜 쌍둥이가 아장아장 걸어왔다.

신채린이 멍하니 쳐다봤다.

잠시 후 예쁜 쌍둥이들이 큼직한 골프백을 멘 김완의 모습으로 바뀌었다.

"풋!"

신채린이 쓴웃음을 터뜨렸다.

김완이 천천히 다가와 신채린을 꼬옥 안았다.

"괜찮아, 리나야! 우린 아직 젊잖아. 꼬마들 수십 명은 만들 수 있어."

"그래도 속이 안 좋아. 자기 닮은 쌍둥이를 꼭 갖고 싶었는데 상상임신이라니……."

"리나뿐만 아니라 많은 여자들이 그런 경험을 한다잖아?"

"하긴, 내가 생각해도 너무 많이 했어. 아기 갖고 싶다는 생각!"

신채린은 김완의 캐디로 2009 스위스컵 세계골프 왕중왕전을 함께 치렀고 삼연패를 달성하는 데 일등공신이 됐다.

대회가 끝난 뒤에도 하와이에 머물면서 김완과 둘이 윈드서핑도 하고 인적이 드문 바닷가에서 그 재밌는 일(?)도 열심히 했다.

신채린을 신처럼 떠받드는 신충이들과 MBS 드라마 본부 스태프들과 더불어 노래방도 가고 클럽에서 춤도 추며 놀았다.

지금처럼 골프 황제 김완을 캐디로 부리며 골프도 마음껏 즐겼고!

그래서일까?

신채린은 더 이상 헤픈 웃음을 보이지 않았고, 웃음 꼬리도 짧아졌다.

"내가 힘이 부족해서 그런지도 몰라. 오늘부터 더 힘껏 리나를 안아줄게!"

김완이 결심한 듯 주먹을 움켜쥐었다.

"여보야, 의사 선생님이 그랬잖아? 부부 관계를 너무 열심히 해도 임신이 안 될 수 있다고. 우린 진짜 열심히 하잖아. 정신을 잃을 만큼 붙어 있고……."

"됐어, 임마! 난 아가보다 네가 더 필요해. 열심히 너를 안을 거야."

"그건… 나도 그래……. 여보야랑 …하는 게 세상에서 제일 재미있어. 여보야가 내 몸속에서 꿈틀대면 온몸의 세포가 활짝 깨어나. 열심히 살아야겠다는 의욕이 넘치고!"

"자식……."

"여보야랑 눈 마주치며 얘기하니까 또 몸이 싱숭생숭해

진다, 씨이!"

"저기 야자나무 숲 쪽으로 오비를 내. 거기서 공을 찾는 척하면서 한판하자고."

"에헤헤헤……. 응."

딱!

신채린이 5번 아이언으로 친 공이 페어에이를 한참 벗어나 야자나무 숲속으로 사라졌다.

"앞으로 절대 아가 신경 쓰지 마! 나한테는 이미 아가가 있잖아? 리나 너!"

"……."

신채린이 물끄러미 김완을 쳐다봤다.

"깔깔깔깔!"

"뭐야? 그 이상한 웃음소리의 정체는 뭐지?"

갑자기 신채린이 초딩 소녀 같은 웃음을 터뜨리자 김완이 화들짝 놀랐다.

"어떻게 만난 지 딱 사흘 만에 모텔을 갔을까? 머리에 피도 안 마른 것들이 말야."

"니가 넘 이뻐서 그래. 하얀 이빨을 보이며 환하게 웃는데 미치겠더라고!"

신채린이 주어도 없이 말을 뱉었지만 김완은 아주 잘 알아들었다.

김완과 신채린이 처음 만났을 때 얘기였다.

"나도 완전 미쳤지! 아무리 자기가 잘생기고 멋있어도 그렇지 어떻게 딱 세 번 만난 남자애를 따라 모텔을 갔대? 새파랗게 어린년이!"

"따, 따라간 게 아니라 앞장서서 갔어. 리나 네가……."

"뭐라고?! 내가 자길 데리고 모텔에 갔단 말야?"

"기억 안 나? 밤이 늦어서 집에 바래다준다고 해도 싫다고 했잖아. 자꾸 배시시 웃으며 매달리고 뽀뽀하고!"

"진짜? 레알? 다큐?"

"그래서 난 니가 경험 많은 여자… 악!"

신채린이 김완의 허리를 힘껏 꼬집었다.

"뒈지고 싶지? 이 닉아! 오냐, 그래, 나 경험 많은 여자다. 섹스뿐만 아니라 사람 패 죽이는 데도 무척 경험이 많아. 내 손에 한번 뒈져봐, 이 고추 대왕아—!"

"아이구, 죄송! 죄송!"

신채린이 골프채를 든 채 도망치는 김완을 쫓아갔다.

가장 정상적이고 가장 컨디션이 좋을 때 나오는 행동이었다.

신채린의 우울증은 이렇게 깨끗하게 날아갔다.

* * *

신채린이 김완을 쥐어박으며 잠깐 휴식(?)을 취하기 위해 야자나무 숲으로 사라졌을 무렵, 선글라스를 쓰고 밀리터리 룩을 걸친 채 큼직한 배낭을 멘 훤칠한 사람이 하와이 쉐라톤 오아후 호텔로 들어섰다.

35층짜리 오아후 호텔은 오아후 리조트 내에 자리 잡고 있어서 바다와 함께 오아후 골프 클럽을 한눈에 내려다 볼 수 있는 특급 호텔이었다.

배낭을 메고 있는 사람이 선글라스를 벗고 프런트에서 체크인을 했다.

곧바로 룸 키를 받아 들고 몸을 돌렸다.

"휘이―"

프런트 직원 두 명이 마주보며 휘파람을 불었다.

직원들이 놀랄 만했다.

밀리터리 룩을 걸친 훤칠한 사람은 이십대 아가씨였는데 누가 봐도 할리우드에서 아주 잘나가는 영화배우였다.

바로 007 시리즈에서 나오는 본드 걸이었다.

깎아놓은 듯한 콧날과 쌍꺼풀이 굵게 패인 예쁘고 커다란 눈은 매력적인 입술이 아니더라도 서구의 미인임을 자랑하는 데 충분했다.

특히, 동양인 피가 약간 섞인 듯 황갈색의 보석 캐츠아이처럼 빛나는 눈동자는 아름답다 못해 환상적이기까지 했다.

거기에 훤칠한 키와 밀리터리 룩 사이로 터질듯 부풀어 오른 쭉쭉 빵빵한 몸매는 가히 여성 매력의 끝판 왕이었다.

띵똥!

본드 걸이 엘리베이터에 올라탔다.

프런트에서 받은 키에는 27층 15호를 뜻하는 숫자가 적혀 있었음에도 27층에서 내리지 않았다.

엘리베이터가 마지막으로 도착한곳, 35층에서 내렸다.

그리고 계단을 이용해 빠르게 옥상으로 올라갔다.

철컥!

옥상으로 통하는 문이 잠겼다.

본드 걸이 옥상에 우뚝 서서 천천히 사방을 둘러봤다.

멀리 푸르른 바다와 함께 와이키키 해변이 보였고, 저편으로 오아후 골프장이 한 장의 수채화처럼 펼쳐져 있었다.

본드 걸이 배낭을 벗었다.

처처척!

배낭에서 철 구조물들을 꺼내 빠르게 조립하기 시작했다.

오랫동안 연습해 온 듯 숙달된 솜씨였다.

철컥!

마지막 탄창을 결합함으로써 조립을 끝냈다.

메이드 인 차이나, 중국제 10식 저격용 소총이었다.

일 킬로미터 밖에서 일 센티 두께의 강판을 뚫는다는 차세대 저격용 소총으로 중국 국방부에서 올해부터 소수의 특수부대 대원들에게 시범용으로 지급하고 있었다.

본드 걸이 10식 저격용 소총을 든 채 입사 자세를 취했다.

피식!

본드 걸이 갑자기 실소를 터뜨렸다.

저격용 소총의 조준경 십자선 위에 보름달처럼 둥근 엉덩이가 잡혔기 때문이다.

뒤이어 잔뜩 찌푸린 채 입을 딱 벌린 신채린의 섹시한 얼굴이 떠올랐다.

얼마나 섹스에 몰두하고 있는지 일 킬로미터쯤 떨어진 이 오아후 호텔 옥상까지 신음 소리가 들리는 것 같았다.

본드 걸이 천천히 총구를 돌렸다.

조준경 십자선 위에 한 물체가 정확히 클로즈업되었다.

김완의 머리통이었다.

탕!

본드 걸이 지체 없이 방아쇠를 당겼다.

하지만 김완의 머리에서 뇌수나 피가 튀지 않았다.

탄창이 비어 있었다.

스나이퍼는 김완의 중국산 마누라, 위구르족 출신의 무지민 대교였다.

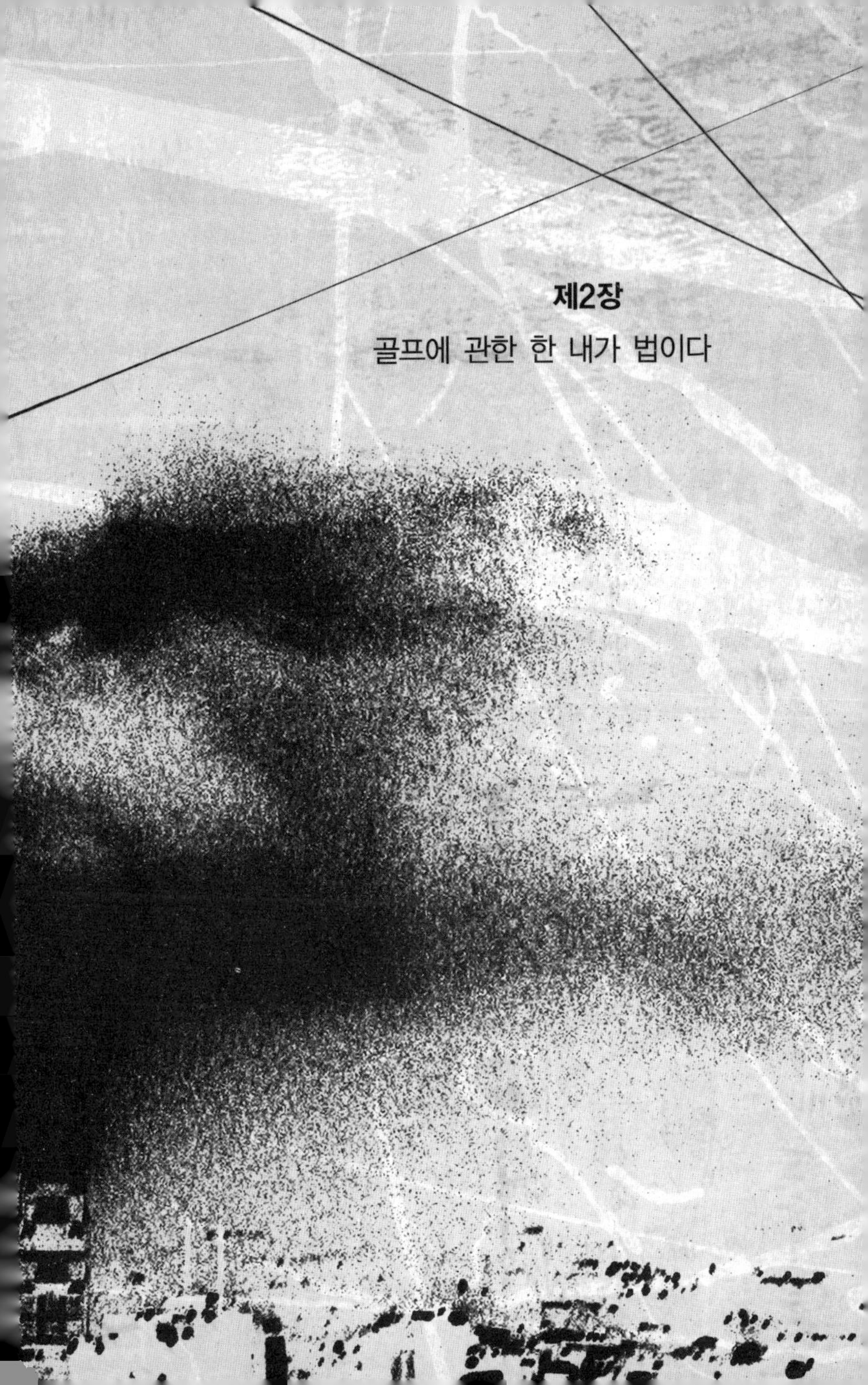

제2장

골프에 관한 한 내가 법이다

세계 유일의
남자

일본 큐슈 남부 오키나와.

우리에게는 류구 왕국이란 이름과 홍길동전에서 나오는 율도국으로 잘 알려진 이 섬은 한 겨울에도 좀처럼 섭씨10도 이하로 내려가지 않는다.

유일하게 볼 수 없는 것이 눈(雪)이라는 이곳은 일본에서 가장 큰 미군기지가 주둔하고 있었음에도 한 해 오백만 명 이상의 관광객들이 찾아왔다.

또, 세계 5대 장수지역으로 골프 아일랜드라는 별명이 붙을 만큼 골프장이 많았다.

제주도보다 작은 땅에 정규 코스를 갖고 있는 골프장이 무려 열다섯 개나 넘었으니 더 이상 설명이 필요 없으리라!

덕분에 겨울이 되면 한국의 많은 프로 골퍼들과 골프 팀들이 이곳으로 전지훈련을 왔고, 아마추어 골퍼들이 단체로 골프 관광을 오기도 했다.

물론 여러 야구팀들도 왔다.

한 해가 저물어가는 지금…….

올해 마지막 LPGA 대회인 애플 클래식 세계 여자 프로 골프 챔피언십을 유치한 오키나와는 세계 각국에서 몰려든 골프 선수들과 관계자들, 골프 관광을 겸해서 방문한 갤러리들로 인해 달달한 골프 특수를 누리고 있었다.

딱딱딱! 웅성웅성!

특히 오키나와에서 가장 전통 있는 클럽으로 이번 애플 클래식이 개최되는 다이쿄 컨트리클럽은 그야말로 인산인해였다.

클럽 내에 있는 160개의 타석으로 이루어진 사 층짜리 초대형 인도어 골프장조차 빈 타석이 하나도 없을 정도로 붐볐다.

신기하게도 이 실내 골프 연습장 4층은 한국 선수들로 꽉 차 있었다.

주최 측에서 한국 국적을 가진 선수들에게 4층 전체를 통

째로 내주는 특별대우를 해줬기 때문이다.

이번 애플 클래식에 출전하는 121명의 선수 가운데 한국 국적의 선수가 무려 27명이나 된 덕이었다.

미국 여자 프로 골프협회에서 주관하는 LPGA 투어는 이미 한국 낭자군에게 장악된 지 오래였다.

딱딱— 통! 통통!

한국 여자 국가대표 에이스로 뉴월드 레드버드 팀 주장인 성정아가 4층 12번 타석에서 호쾌한 드라이버 샷을 연신 날렸다.

신기하게도 다이쿄 클럽의 이 실내 골프 연습장은 타석에서 150미터쯤 떨어진 곳에 넓은 호수가 자리 잡고 있었다.

성정아가 샷을 날릴 때마다 통통 소리가 들리는 것은 타석에서 때리는 공들이 호수에 빠지면서 울리는 소리였다.

이 경쾌한 소리는 묘하게도 필드에서 샷을 하는 듯한 착각을 불러일으켰다.

당연히 다른 인도어 골프장에 비해 연습 효과가 뛰어났고 이용 요금이 비쌌다.

“성정아, 스윙 죽인다! 체전 때 하고는 또 달라. 완전 여자 김완이야!”

“엄청 부드러운데… 쫙쫙 감겨!”

"저러니까 소란이랑 맞짱을 뜨지."

"LPGA 2승은 공짜로 주운 게 아니구만!"

코칭스태프들로 보이는 중년 남자들이 타석 저편에서 성정아의 샷을 지켜보며 감탄사를 연발했다.

"감독님들 말씀 잘 들었지?"

"헤에, 창피하네요."

"자신감을 갖고 게임해. 세계 챔피언 자리가 눈앞에 있어."

"네! 선생님."

오세라 레드버드 팀 수석 코치가 성정아의 어깨를 두드리며 격려를 해줬다.

"야, 주 감독! 이번 시합 또 소란이 하고 성정아 싸움이냐?"

"살살합시다, 시경이 형. 올해 마지막 대회인데 우리 은하도 한번 먹어야지 않겠수? 준우승만 벌써 세 번째 아니우!"

"돌도 지나지 않는 핏덩이가 벌써 몇 승째야? 재수 없어 씨……!"

"아하하하! 깔깔깔깔!"

주시경과 오세라 등 레드버드 팀 코칭스태프들과 자신들이 지도하는 선수들의 연습 샷을 지켜보던 삼십여 명의 한국 국적 코칭스태프들이 일제히 웃음을 터뜨렸다.

돌도 지나지 않은 핏덩이!

창단된 지 겨우 석 달 남짓 된 뉴월드 레드버드 골프 팀을 일컫는 말이었다.

이 갓난쟁이가 LPGA투어 5승, JLPGA투어 3승, KLPGA투어 3승에 전국체육대회 여자 일반부 우승까지!

세계 각국의 골프 대회에서 도합 13승을 거둬들이면서 골프계에 엄청난 센세이션을 일으켰다.

"메뚜기도 한철이야. 먹을 수 있을 때 많이 먹어둬야지!"

"전혀 양보할 기색이 없구만."

"함 붙어보자고요! 이번엔 우리 은하도 만만찮습니다."

한국 여자 프로 골프계의 쌍두마차인 레드버드 팀과 화이트 캐츠 팀을 맡고 있는 주시경과 백정호 감독이 서로 가시 박힌 멘트를 날렸다.

"한데, 완이는 왜 이렇게 늦는 거냐, 주 감독?"

"애들 좀 봐달라고 하려 했는데 다 틀렸네."

"고딩들은 천천히 해도 되잖아? 우리 은하하고 효주 부탁한지 언젠데 그래?"

"야, 백 감독! 은하하고 효주 작년에 LPGA 4승이나 먹었잖아? 올해도 2승 올렸고! 근데 무슨 원 포인트 레슨이야, 레슨은?"

주시경이 화이트 캐츠 팀의 백정호 감독을 바라보며 퉁명스럽게 쏘아붙였다.

"또 스태프들은 왜 붙어 있는 거야? 연봉 축내는 쌀벌레야 뭐야?"

"타이거 우즈가 실력이 부족해서 티칭 프로한테 레슨을 받는답디까?"

백정호 감독이 타이거 우즈를 내세우며 반박했다.

김완의 원 포인트 골프 레슨!

레드버드 팀에서 수십억의 연봉을 주면서 코치로 선임한 김완의 티칭과 코칭 기술은 골프 실력만큼이나 유명한 족집게 과외로 정평이 나 있었다.

지금처럼 골프 관계자들이 경쟁적으로 선수들의 레슨을 부탁할 정도였다.

"똥개 껌 씹는 소리 그만들 해! 완이는 우리 팀 애들 봐줄 시간도 없어. 저기 카메라 들고 눈 빠지게 기다리는 노랑머리들 안 보여?"

주시경이 어깨 너머로 손짓하며 목청을 높였다.

십여 명의 외국인 기자가 ENG 카메라 등을 든 채 사 층으로 올라오는 출입구 쪽에서 진을 치고 있었다.

"뭐야, 저것들?! 방송사 기자들 아냐?"

"완이 오늘 인터뷰만 서너 개 잡혔다고 하더라. 인터뷰 끝난 뒤에 곧바로 도쿄로 날아가 TV에 출연해야 되고. 내일은 또 일본 수상하고 만찬이 있대.”

“미쳐— 누가 황제 아니랄까 봐 스케줄이 완전 거미줄이구만!”

“애들이 황제께 레슨을 받는다고 잔뜩 기대했는데 꽝이네.”

“여기도 못 오는 건데 소란이가 울고불고해서 어쩔 수 없이 들른 거야.”

“소란이? 이수연이?!”

소란이는 현역 세계 여자 골퍼 중에서 최강자로 꼽히는 이수연의 별명이었다.

초다혈질인 성격으로 게임이 제대로 풀리지 않으면 골프클럽을 밟아 버렸고 어느 때는 그 자리에 주저앉아 펑펑 울면서 소란을 피우는 것으로 유명했다.

“이제야 감이 잡힌다. 뭔 연습 라운드를 그렇게 오래 하나 했더니 지 애인하고 데이트하고 있었구만.”

“짜식이 바빠도 할 일은 다하네, 큭큭큭…….”

아차!

주시경이 황급히 자신의 입을 막았다.

말실수를 했다는 것을 깨달았기 때문이었다.

“애인까지는 아냐! 친한 오빠 동생 사이더라고.”

주시경이 잽싸게 흘린 말을 주워 담았다.

하지만 물과 말은 한번 흘리면 주워 담기가 쉽지 않다. 아래와 같은 이유로!

"우리 시경이 형 개그하네!"

"완이 때문에 레드버드 팀 창단된 거 스크린 골프장에서 내기 골프 치는 동네 건달들도 다 알아."

"황제께서 세계그룹 이 회장하고 수연이와 같이 서귀포 뉴월드 클럽에서 라운딩한 동영상까지 떠 있더라!"

백정호 감독 등이 벌 떼처럼 날아와 침을 쏘았다.

"이 자식들이 근데? 우리 팀 코치고 선수야. 내가 잘 알지 니들이 잘 아냐?"

주시경이 눈을 부라렸다.

"감쌀 걸 감싸 임마! 그런 날 구라가 먹힐 것 같아?"

"소란이가 그 지랄 같은 성질 때문에 LPGA에서 헤맬 때 완이가 같은 호텔에서 먹고 자면서 특별 레슨 시킨 거 모르는 사람이 누가 있나? 그게 바탕이 돼서 오늘날 LPGA를 휩쓰는 이수연이가 됐다는 거 모르는 사람은 또 누구야?"

"시경이 형은 이쁜 아가씨랑 같은 방에서 자면서 손만 잡고 자우? 세계 경제가 어쩌구저쩌구하면서 말이우."

"큭큭큭큭!"

주시경 감독이 유발시킨 남자들의 수다!

남자들의 주둥이는 여자들의 입보다 훨씬 가볍고 싸다.

게다가 무섭기까지 하다.

“그게 다 루머라니까 병신아!”

“루머라고 치자고! 한데 그 바쁜 황재께서 소란이가 칭얼댄다고 여길 와?”

“주 감독이 더 잘 알 텐데? 완이는 솔직히 레드버드 팀 코치가 아니라 세계그룹 얼굴 마담이잖아?”

“자식이 말을 해도 얼굴마담이 뭐냐 얼굴마담이?”

“내 말은 무늬만 코치인 완이가, 낼 도쿄에서 일본 수상 오빠하고 밥을 먹어야 하는 완이가, 굳이 이곳에 올 필요가 없었다는 뜻이야!”

“그건 나도 좀 수상해!”

결국, 주시경이 두 손을 들었고,

“시경이 형 정말 답답하네. 호텔에서 동거하다시피 한 앤이 전화 걸어서 난리를 떠니까 튀어온 거 아냐.”

곧바로 백정호 감독이 쐐기를 박았다.

하지만 남자들의 수다는 더 이상 이어지지 못했다.

저편에서 큼직한 골프채 하나가 날아왔기 때문이다.

“악! 뭐야?”

“왜 드라이버가 이쪽으로 날아와?”

열심히 수다를 떨던 백정호 감독 등이 화들짝 놀랐다.

"죄송해요, 감독님들! 손이 미끄러져서요!"

성정아가 잽싸게 달려와 사과를 했다.

"야, 성정아! 너 이 새끼 일부러 그런 거지?"

"지 코치 선생 씹는 거 듣기 싫다 이거지. 그치?"

"아니에요, 감독님!"

"아니긴 뭐가 아냐? 임마!"

"우린 골프 선수 출신이 아니고 하키 선수 출신인 줄 알아? 이 새끼가 정말!"

"아무리 손이 미끄러워도 드라이버가 어떻게 이쪽으로 날아와?"

감독들이 씩씩댔다.

사실이었다.

성정아는 이수연과 마찬가지로 김완교 신도였다.

감독들이 교주인 김완을 씹는 게 영 꼬았던 것이다.

친구인 이수연을 음흉한 쪽으로 몰아가는 것도 듣기 싫었고!

"그니까 빼꾸기 좀 그만 날려! 김 코치 작작 까라고! 애들 잔뜩 있는 데서 뭐하는 거야 지금?"

오세라가 눈을 흘겼다.

"야, 오세라! 지금 우리가 소설 썼냐?"

"없는 얘기를 했냐고? 사실……."

감독들이 오세라 코치에게 시비를 걸며 계속해서 수다를 떨려고 할 때 1번 타석 쪽 에서 우렁찬 음성이 들렸다.

"안녕하셨습니까— 선생님!"

대한외국어고등학교 골프부 유니폼을 걸친 십여 명의 남녀 학생이 일제히 배꼽 인사를 했다.

"너희들 언제 왔어?"

김완이 골프백을 멘 채 토끼처럼 귀엽게 생긴 소란이, 이수연과 함께 계단을 올라오며 미소를 지었다.

"도착한 지 두 시간쯤 됐습니다."

"왕중왕전 우승 축하드립니다, 선생님!"

"녀석들 고맙다! 니들이 응원해 줘서 우승했어."

김완이 환하게 웃으며 학생들의 손을 잡았다.

오늘 전지훈련 차 오키나와에 도착한 김완의 모교인 대한외국어고등학교 골프부 학생들이었다.

골프부 학생들에게 김완은 곧 신과 동격이었기에 그 인사가 더없이 공손했다.

올해로 창단된 지 꼭 25주년이 된 대한외고 골프부.

이 골프부가 대한민국 골프계에 끼치고 있는 영향력은 실로 대단했다.

법조계의 서울법대나 유도계의 용인대와 버금갔다.

아니 서울대나 용인대보다 더 했다.

김완이 코치로 있는 레드버드 골프 팀만 살펴봐도 대한외고 골프부가 얼마나 굉장한 팀인지 쉽게 짐작할 수 있다.

감독인 주시경부터 코치인 오세라, 김완, 트레이너인 진남순까지 모두 대한외고 출신이었다.

거기에 여덟 명의 선수 중 다섯 명까지!

또, 대한외고 골프부는 국내뿐만 아니라 해외에서도 그 명성을 유감없이 떨쳤다.

올해 한국 국적으로 PGA투어에서 뛰었던 골프 황제 김완을 비롯한 남자 선수 다섯 명 모두가 대한외고 출신이었다.

LPGA 투어에서 활동하는 32명의 한국 국적의 여자 선수들 중에서 21명이 대한외고를 졸업했고!

약간 허풍을 덧보태면 이곳 오키나와에서 열리는 LPGA 애플 클래식 세계 여자 골프 챔피언십은 대한외고 골프부 동문 체육대회와 다름없었다.

"우승 축하한다, 완이야!"

방금까지 열심히 수다를 떨던 코가 유난히 빨간 사십대 남자가 김완에게 반갑게 다가가 손을 내밀었다.

"오랜만입니다, 딸기코 선생님!"

"시키……. 황제 폐하로 등극하시더니 이제 외국에나 와야 만나는구나?"

"완이야, 형도 왔다!"

"보고 싶었다, 완이야!"

"하하! 이거 우리 고등학교 동문회 참석한 기분이네. 의수 형, 관일이 형, 정호 형 몽땅 왔잖아. 연초에 보고 처음인 것 같은데?"

김완이 백정호 감독 등과 반갑게 악수를 나눴다.

김완은 대한외고 선배인 주시경 백정호 감독 등과 나이 차이가 많이 났지만 사석에서는 호형호제하며 친형제처럼 지냈다.

"맞다. 협회 정기 이사회 때 보고 처음이다!"

"이걸 어쩌지? 나 지금 기자들하고 인터뷰 약속 있는데?"

"알았다, 짜샤! 인터뷰 끝나고 밥 사."

"다음 스케줄 취소해. 오늘 도망가면 평생 형들 못 볼 줄 알아!"

"오케이! 오랜만에 오키나와에서 우리 대한외고 동창회 한번 하죠."

"와우! 황제 폐하— 나이스 샷!"

"성은이 망극하옵나이다, 폐하!"

백정호 감독 등이 너스레를 떨었다.

"오늘 밤 골프 황제께서 왕중왕전 우승 기념 리셉션을 베푸신답니다. 이곳에 모이신 분들께서는 한 분도 빠짐없이 참석해 주시기 바랍니다."

"고추 대왕께 문자나 매일 쪽지 보내신 숙녀분들! 호텔 예약 취소하세요. 대왕께서는 내일까지 영어의 몸이 됩니다."

"아핫핫핫! 오호호!"

백정호 감독 등이 코믹하게 골프 황제 김완과의 회식을 알리자 사 층에 모여 있던 골프 관계자들과 선수들이 박장대소를 터뜨렸다.

초중고대학 중에서 김완이 유일하게 졸업한 학교인 대한외국어고등학교.

그래서 그런지 김완은 대한외고 골프부 동문들을 유난히 좋아했다.

지금처럼 스케줄을 몽땅 취소하고 어울릴 만큼!

* * *

"골프 황제의 왕중왕전 삼연패를 위하여!"

"올해의 골프 선수 김완을 위하여!"

"애플 클래식 제패를 위하여!"

이십여 명의 한국인 남녀가 한국식과 일본식이 짬뽕된 묘한 인테리어로 치장한 오키나와 유일한 한국 식당인 안

동 한우 집에 모여 연신 잔을 부딪치며 술을 마시고 있었다.

김완과 주시경, 백정호등 애플 클래식에 참가한 한국 국적의 코칭스태프들이었다.

회식이 시작된 지 꽤 오래된 듯 여기저기 어질러진 빈 식탁들이 보였다.

"포기해! 자세가 딱 내일 아침 5시다."

성정아가 커피 잔을 든 채 왁자지껄한 메인테이블을 쳐다보며 말했다.

"한국 술 문화는 도저히 이해를 못하겠어. 무슨 술을 밤새 먹어? 그것도 내일모레 시합에 출전할 선수들을 감독해야 될 코칭스태프들이 말야?"

이수연이 테니스공만 한 눈에 불만을 가득 담은 채 투덜거렸다.

"킥킥! 니가 미국에서 살다 와서 그래. 우리와 자주 어울리다 보면 알게 돼."

"괜히 오빠를 불렀어! 술도 좋아하지 않는데 얼마나 짜증날까?"

LPGA 투어에서 무려 18승을 올린 프로 골퍼 이수연.

토끼처럼 귀여운 외모와는 정반대로 남자 골퍼 못지않은 엄청난 힘을 과시해 파워 골퍼의 대명사로 꼽혔다.

끓어오르는 성질을 억누르는 듯 붉으락푸르락하며 연신 냉수를 들이켰다.

재미교포인 이수연이 이해 못하는 한국 코칭스태프들의 일탈.

선수들을 관리 감독해야 될 스태프들이 모여 밤 새워 술을 마시고…….

매스컴에 여러 번 뭇매를 맞은 일탈 행위였다.

이런 행위가 근절되지 않는 이유가 뭘까?

상명하복의 위계질서가 군대보다 더 철저한 곳이 스포츠계, 운동세계다.

혈연 학연 지연을 가장 많이 따지는 곳도 바로 이곳이었고!

운동세계에서 고위층에게 찍히고 선배들에게 밉보이면 그대로 끝이었다.

먹기 싫은 술을 밤새 마시고 술값까지 계산하며 어울리는 것은 살아남기 위한 어쩔 수 없는 을의 선택이다.

"저거 저거 저거! 오 코치 스킨십 오버 하는 거 아냐? 술집 도우미야? 왜 자꾸 오빠 품에 쓰러지고 저래? 툭하면 러브 샷을 하구!"

이수연이 다급한지 한 단어를 세 번씩 반복하는 특유의 말버릇이 튀어나왔다.

"오 코치님 취했네. 김 코치님을 짝사랑하는 노처녀의 속마음이 나온다."

"오 코치가 오빠를 짝사랑해?"

"몰랐어?

"오 코치 나이가 몇인데?"

"김 코치님이랑 동갑이야. 띠동갑! 서른일곱! 이히히히……."

"서, 서른일곱 살?! 할매잖아? 할매가 무슨 총각을 좋아해?"

"쉰내 나는 할매니까 저러지 바보야! 저렇게 껄떡대다가 김 코치님이랑 스캔들이라도 터져 결혼이라도 하게 돼 봐. 그냥 로또잖아!"

"뭔가 중대한 조치를 취해야지 안 되겠어. 도처에 지뢰야."

"솔직히 말해봐. 소란이 너 김 코치님이랑 어디까지 간 사이야?"

"내 첫사랑이자 마지막 사랑이야."

성정아의 돌직구에 이수연이 운치 있게 입을 열었다.

"그럼 하루라도 빨리 결혼해. 괜히 나중에 상처받지 말고!"

"Ok!"

성정아의 충고에 이수연이 재미교포답게 어려운 영어로 대답했다.

그 순간, 빨갛고 파랗게 변해가던 이수연의 얼굴이 하얀색에서 멈췄다.

곧 폭발한다는 신호였다.

술 취한 오세라의 손이 김완의 하체 깊숙한 곳으로 내려가고 있었기 때문이다.

"자기 뭐해? 사랑하는 세라 술잔 비었잖아?"

"네네! 근데 좀 떨어지시죠, 오세라 코치님!"

오세라가 김완의 가슴에 비스듬히 기댄 채 혀 꼬부라진 목소리로 술잔을 흔들자 김완이 오세라를 밀쳤다.

"세라 저거 사십 다되더니 완전 맛 갔네."

"아주 노골적으로 덤벼!"

백정호 감독 등이 혀를 찼다.

"우리 캔디가 배울까 봐 겁난다."

"난 저렇게 못해 오빠! 와니가 날 은근 싫어하거든."

캔디는 LPGA에서 6승을 거둔 뒤 은퇴를 하고 화이트 캐츠의 코치로 활동하는 안복향의 별명이었다.

김완의 고교 삼 년 선배로 시합 때가 되면 늘 사탕을 입에 달고 살았다.

"뭔 말이야? 내가 왜 캔디 누나를 싫어해?"

"그럼 나도 희망 있는 거야? 실은 내가 와니 너 엄청 좋아하거든, 헤헤헤!"

김완이 퉁명스럽게 대꾸하자 건너편에 앉아 있던 안복향이 술에 취하듯 유혹적인 웃음을 날렸다.

"야야야, 됐어! 이건 또 내숭과였네?"

"대한민국 아가씨 치고 와니 좋아하지 않는 사람이 어디 있어? 황제의 아내. 그대로 영화잖아!"

안복향의 술 취한 수다가 시작됐다.

"그나저나 국대팀은 잘되냐, 완이야?"

백정호 감독이 딸기코 사내, 대한외고 골프부 감독인 박의수를 슬쩍 쳐다보며 화제를 돌렸다.

백정호 감독 등이 김완에게 꼭 하고 싶었던 말이었다.

"골프 국가대표팀 말야? 그거 언제 만들었는데?"

"뭐가 어떻게 돌아가는 거야, 이거? 왜 완이가 한밤중이지!"

"너 광주 아시안게임 파견 국대팀 수석 코치로 선임된 거 몰라?"

"내, 내가 국대팀 수석코치라구?"

김완이 의아해하자 백정호 감독 등의 얼굴이 일그러졌다.

"허허, 참나! 소 국장 이 새끼 일하는 꼴 보소?"

“국대팀 코칭스태프를 발표한 지가 언젠데 아직도 연락을 안 했단 말야?”

“현섭이가 그렇게 날건달은 아닌데? 완이가 왕중왕전에 출전하니까 부담 주지 않으려고 그랬겠지 뭐.”

주시경과 백정호 감독 등이 국대 수석코치로 선임된 사실을 김완에게 통보해 주지 않은 골프협회 소현섭 사무국장을 맹렬하게 비난했다.

이미 보름 전에 한국 골프협회에서는 2010년 중국 광주 아시안게임 파견 골프 국가 대표팀 사령탑을 구성해 발표했기 때문이다.

김완은 수석코치 겸 남자팀 코치였다.

“난 시간 없어서 레드버드 딤 코치질도 못하잖아? 다른 사람 데리고 가, 의수 형!”

“…….”

김완이 정색하며 말하자 박의수 감독이 즉답을 피했고,

“의수 형이 국대 감독 맡은 거 아냐. 완이야!”

주시경이 겸연쩍은 얼굴로 대신 대답했다.

“무슨 소리야? 연초에 협회 이사들 모였을 때 의수 형이 다음 대 국대 감독 맡기로 결정했잖아?”

김완의 눈이 커졌다.

“그게 쩝쩝…….”

화제가 국대 감독으로 옮겨가자 떠들썩했던 술자리가 순식간에 싸늘해졌다.

"내년에 고려대학교에 골프부가 생긴다며? 그래서 의수 형 밀어주기로 했고!"

"그래, 맞아! 연초에 이사들 모였을 때 그동안 우리 대한 외고 골프부 감독으로 고생한 의수 형을 국대 감독 겸 고려대 골프부 감독으로 추천하기로 결정했었어."

"근데?"

김완이 눈을 빛냈다.

가장 싫어하는 낙하산 냄새가 났기 때문이다.

"이왕 말이 나왔으니 까놓고 얘기하마!"

백정호 감독이 결심한 듯 말을 이어갔다.

"의수 형 대신 남궁훈이가 국대 감독을 맡았어."

"블루 드래곤스 팀 감독인 훈이 형?!"

"응! 회장단에서 그렇게 결정했어."

"회장단에서?"

회장단.

통상 부회장들과 수석부회장 회장으로 구성된다.

한국 골프협회는 이사회보다 회장단 회의가 상급기관이었다.

"신경 쓰지 마 완이야. 솔직히 훈이 스펙이 나보다 훨씬 낫잖아? 난 대한외고 졸업하고 KPGA에서 빌빌하다가 어찌어찌 우리 학교 감독이 됐고 훈이는 연세대에 PGA까지 진출해서……."

"훈이 형 오버하네! 회장단에서 결정했어도 사양을 해야지. 블루 드래곤스 감독씩이나 하면서 국대 감독까지 하겠다는 거야?"

김완이 박의수 감독의 말을 잘랐다.

편 가르기, 파벌 싸움, 내 식구 챙기기!

사람이 있고 조직이 있는 곳은 어디든 생기는 일이다.

한국 골프협회도 예외는 아니었다.

워낙 머리수가 많아서 그런지 언제부턴가 골프협회를 장악하고 있던 대한외고 출신 임원들이 두 개의 파벌로 갈라져 있었다.

한쪽은 주시경, 백정호 감독이 주축이었고, 다른 한쪽은 소현섭, 남궁훈 감독이 중심이었다.

김완이나 박의수 감독은 주시경, 백정호 감독과 가까웠다.

"나하고 형은 국대팀에서 빠지자고. PGA 출신이 싹쓰리하느니 해외파가 독식하느니 말이 많아. 정 하고 싶으면 의수 형이 한 뒤에 형이 해. 어쨌든 의수 형이 선배잖아? 회장님들께는 내가 보고할게. 그래, 형!"

김완이 휴대폰을 내려놨다.

"훈이 놈이 콜했어?"

주시경 등이 일제히 김완의 입을 주목했다.

"훈이 형이 생각이 짧았다고 사과하네."

김완이 고개를 끄덕였다.

"역시 완이가 타짜야."

"그 욕심 많고 도도한 훈이 놈을 단칼에 날려 버렸어."

"새끼가! PGA 성적으로 들이대면 완이가 국대 감독 해야지 지가 왜 해?"

주시경과 백정호 감독 등이 김완에게 찬사를 보냈다.

한국 체육회장, 한국 골프협회장, 한국 블루 드래곤스 골프팀 구단주.

김완을 친아들보다 더 아끼는 한국그룹 정영구 회장이 공식적으로 갖고 있는 수십 개의 직함 중 몇 개였다.

이런 배경이 있었기에 한국 골프협회 이사 겸 경기위원인 김완이 전화 한 통으로 국가대표팀 감독을 바꿔 버릴 수 있었다.

한국 골프계에서 김완의 말은 곧 법이었다.

"고맙다, 완이야!"

박의수 감독이 들뜬 표정으로 김완에게 맥주를 따라주며 사의를 표했다.

"고맙긴. 고등학교 감독이라고 국대 감독 못하란 법이 있나. 지도자 경력은 형도 빵빵하잖아?"

"그럼! 의수 형 청소년대표팀 감독도 오래했다고."

"아무튼 완이가 최고다. 수고했어!"

"그런 의미에서 건배―"

백정호 감독이 목청을 높이며 술잔을 들었다.

아무 생각 없이 시작된 술자리에서 오늘처럼 중대한 일이 결정되기도 한다.

그래서 비즈니스는 밤에 시작된다는 말이 생겼다.

"오호호호! 맞아 맞아! 우리 와니가 최고! 최고야……."

그때 오세라가 몽롱한 눈으로 김완을 쳐다보며 뽀뽀를 했다.

"그 더러운 입술 치워―"

동시에, 천둥소리가 실내를 갈랐다.

흡사 이차세계대전 때 미군이 이 오키나와를 융단 폭격하던 폭탄 소리 같았다.

"보자 보자 하니까 정말! 왜 우리 남편을 희롱해?"

이수연이 김완을 낚아채 순식간에 사라졌다.

…….

요란하던 술자리가 아주 잠깐 동안 이상한 침묵으로 뒤덮였다.

"미안하우 시경이 형! 아까는 내가 오해했었수."

"소란이하고 완이는 애인 사이가 아니었네!"

"알고 보니 부부였어. 소란이가 우리 남편이라고 소란을 떨며 납치해 가잖아?"

"낄낄낄! 호호호!"

백정호 감독 등이 너스레를 떨자 술자리가 웃음바다로 변했다.

"나가자. 국대 감독된 기념으로 내가 이차 쏜다!"

"역시 멋지다! 용자다!"

박의수 감독 등이 자리를 박차고 일어났다.

이어지는 술자리는 전례대로 다음 날 해가 뜰 때 끝났다.

김완과 이수연은 다음 날 오후까지 일(?)을 했고!

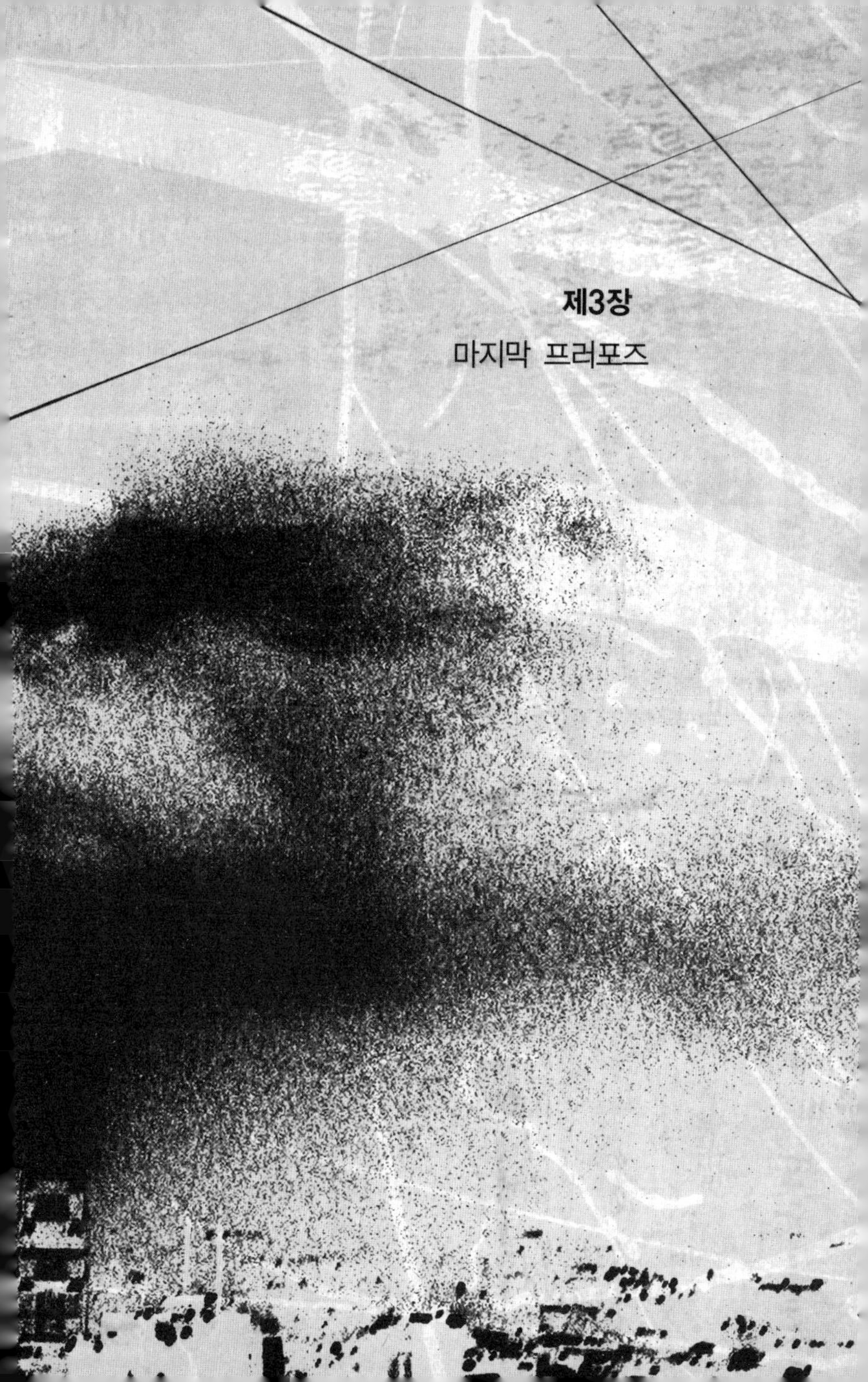

제3장

마지막 프러포즈

세계 유일의
남자

—2003년 2월 3일. 대한민국 서울. 영하 10도. 흰 눈 펑펑.

—엄마 지금 대문 앞에 태극기 달고 있다! 장한 우리 딸! 서울대 의대 합격!

엄마한테서 온 문자였다.

새벽 5시.

무작정 독서실을 나섰다.

이월에 무슨 눈이 이렇게 많이 오지?

어느새 습관처럼 내가 다니던 학원 앞에 서 있었다.

서울역 건너편에 있는 유명한 학원.

난 오랫동안 이 학원 새벽반을 다녔다.

신기하게도 내 단짝이자 맞수인 민희가 학원 입구 자판기 앞에 서 있었다.

기집애도 나와 똑같이 서울의대에 합격했다.

민희가 웃으면서 커피 잔을 내밀었다.

우린 누가 먼저랄 것도 없이 서울대학교 관악 캠퍼스로 갔다.

난 정문에서 셔틀을 타고 종점까지 가서 내려오고 민희는 정문에서부터 올라가 중간에서 만나기로 했다.

캠퍼스가 얼마나 넓으면 버스가 다 다니지?

버스가 다닐 만도 했다.

하마터면 착각할 뻔했다. 히말라야 트래킹을 하는 것으로!

서울대학교 공학관부터 시작해서 천천히 살펴보며 내려왔다.

딱히 볼 곳도 없었다.

좀 궁금한 곳은 신분증이 있어야 출입할 수 있었고 아니면 모두 잠겨 있었으니까!

내가 그렇게 지독하게 공부를 해서 서울대에 들어온 이유를 오늘에서야 알았다.

"잰 내가 무조건 찜했어. 박예원! 넌 절대 침 삼키지 마. 구경도 좀

만 해! 닮아!"

대학본부 앞에서 민희가 학생회관 쪽으로 나를 끌고 가며 비장하게 뱉은 말이었다.

이 지지배가 어떤 남자를 봤기에 이렇게 구라가 심하지?

지하실 저편에서 피아노 소리가 은은하게 들려왔다.

이건 또 웬 생뚱?

아침 6시 25분 16초에 무슨 피아노야?

서울대 애들은 피아노도 새벽부터 치나?

민희가 어떤 동아리 방 앞에서 손짓을 했다.

녀석을 보는 순간 딱 10초 동안 심장이 멎었다. 호흡도 멈췄고.

사실이었다.

나도 오늘에서야 내가 그토록 서울대를 염원했던 이유를 알았다.

난 녀석을 만나기 위해 그 오랜 세월을 그렇게 울었나 보다.

—2003년 2월 4일. 대한민국 서울. 영하 11도. 흰 눈 펑펑.

기억이 안 난다. 몇 년 만에 거울을 보는 거지?

정말 짱이다. 열아홉 살짜리 숙녀가 거울을 몇 년 만에 보다니?

변명거리는 많다.

난 중학교 때부터 고등학교 때까지 거의 먹지도 자지도 않고 공부만 했다.

오랜만에 봐서 그런가?

거울에 비춘 내 얼굴이 신기했다.

눈, 코, 입, 귀, 얼굴……. 모든 게 작다.

특별히 예쁘지도 밉지도 않다.

다행히 눈꺼풀 위에 작은 선 하나가 그어져 있었다.

이름하여 쌍꺼풀이라는 거.

조그마한 볼우물도 하나 있었고, 이름 하여 보조개라는 거.

겨우겨우 쪼금 귀엽고 아주아주 조끔 귀티가 난다.

어제보다 삼십 분 일찍 서울대 학생회관 지하2층으로 날아갔다.

민희 지지배와 불꽃 튀는 대결 끝에 양도를 받았다.

먹기 두 판! 운명의 가위 바위 보!

내가 이겼다.

역시 내 예측대로 녀석은 그 자리에 있었다.

지운 줄 알았어, 너의 기억들을 친구들 함께 모여 술에 취한 밤—

네 생각에 난 힘들곤 해—

그런 채 살았어, 늘 혼자였잖아…….

맑은 피아노 소리가 들렸고 그 녀석이 어제처럼 피아노를 치면서 노래를 불렀다.

밤새 내 귀가를 맴돌았던 그 청아한 목소리였다.

조용히 동아리 방으로 들어갔다.

또 또 또 얼굴이 붉어지고 심장이 쾅쾅 뛴다.

어쩜 저렇게 잘생겼지?

늘씬한 키에 피아노를 기가 막히게 치고 목소리조차 몽환적이다.

어릴 적 엄마가 읽어줬던 동화 속에 나오는 그 왕자야.

그래! 신이 저 녀석을 만나라고 나를 이 서울대에 보낸 거야.

—2003년 2월 6일. 대한민국 서울. 영하 13도. 또 눈 눈 눈!

오오오, 신이시여! 신이시여!

그 녀석을 만난 지 사흘째 되는 오늘…….

충격적인 일을 목격했다.

텅 빈 동아리 방 한쪽 구석에서 녀석이 여친과 진하게 키스를 하고 있었다.

내가 동아리 방 창문 너머로 쳐다보는 것조차 모른 채.

키스의 농도로 미뤄 아주 가깝고 오래된 사이였다.

녀석은 키스를 하면서 제 여친의 가슴을 서슴없이 애무를 했다.

녀석의 여친은 옅은 신음까지 흘렸다. 그 녀석의 거기를 더듬으면서!

왕 재수!

아오 빡쳐, 새벽부터 뭐 하는 거지?

근데, 왜 난 저 녀석이 솔로라고 생각했지?

저렇게 잘생기고 멋진 녀석이 왜 여자 친구가 없을 거라고 생각했을까?

절망적이다.

녀석의 여친은 예뻐도 너무 예뻤다.

진짜 더럽게 예뻤다.

아주 유명한 화가가 정성스럽게 그려놓은 공주였다.

쌍꺼풀이 짙게 진 서구적인 마스크에 초콜릿색 피부와 쭉쭉 빵빵한 몸매는 완전 섹시 그 자체였다.

내가 제일 부러워하는 쭉쭉 빵빵과 섹시!

왕자와 공주! 공주와 왕자!

두 사람을 그렇게 불러도 특별히 항의할 말이 생각나지 않았다.

슬프지만 인정했다.

너무 잘 어울리는 커플이었다.

하지만 포기하기에는 가슴이 너무 아프다.

잃어버린 내 반쪽인 줄 알았는데—

앙앙앙, 엄마! 나 어떻게 해?

—2003년 2월 9일. 대한민국 서울. 여전히 춥고 눈 계속!

이틀 동안 짝사랑의 열병을 앓다가 새벽녘에 눈을 떴다.

본능처럼 서울대 학생회관 동아리방으로 달려갔다.

여전히 새벽이었고 여전히 그 녀석이 치는 피아노 소리가 들렸다.

오랫동안 기다려 왔어 내가 원한 너였기에

슬픔을 감추며 널 보내 줬었지—

날 속여가면서 잡고 싶었는지 몰라—

녀석의 여친이 또 온 거야? 그 쭉쭉 빵빵 초콜릿?

아후 짱나!

오늘은 녀석이 솔로로 부르는 것이 아니라 여친과 듀엣을 했다.

환상적인 하모니였다.

얼굴도 이쁘고 쭉쭉 빵빵에 노래까지 잘해?

그, 근데 저 계집애는 뭐지? 뭐야? 뭐냐고, 정말 뭐냐고.

계집애는 미소를 머금은 채 피아노를 치는 녀석의 무릎에 걸터앉아 손으로 목을 감싼 채 얼굴을 마주보며 노래를 불렀다.

계집애는 사흘 전에 만났던 그 초콜릿이 아니었다.

초콜릿보다 적어도 두 배, 아니 세 배는 예쁘고 매력적이었다.

여자인 내가 봐도 가슴이 발발 떨릴 만큼 예쁜 계집애…….

바로 그 계집애였다.

올해 세계 유명 영화제의 여우주연상을 싹쓸이하고 있는 여배우!

영화하고는 지구에서 안드로메다만큼 거리가 있는 내가 알 정도의 유명한 스타.

머리까지 엄청 좋아서 내가 간신히 합격한 서울대학교를 전체 수석으로 합격했다고 신문 텔레비전 인터넷을 도배하고 있는 그 계집애.

비몽사몽으로 동아리 방에 들어가 넋을 잃고 쳐다봤다.

질투가 날 만큼 잘 어울렸다. 초콜릿보다 훨씬 더!

근데 저것들은 왜 노래를 하면서 자꾸 입을 맞추지?

음정 박자나 열심히 맞춰. 이 OOO들아!

그리고 남녀 간에 듀엣을 할 때는 꼭 여자가 저렇게 남자 품에 안겨서 해야 되나?

거건 안긴 것도 아냐.

침대만 없다뿐이지, 아예 누워 있는 거라고 제길!

세계적인 여배우 좋아하네! 지금 포르노 찍냐?

젠장!

저렇게 노래하려면 여관이나 모텔에 갈 것이지, 왜 동아리 방에서 부른대?

아후, 왕짜증!

도대체 저 녀석 뭐야? 양다리였어? 양다리였던 거야? 얼굴 값하는 거냐구?

빌어먹을! 비참하다.

박예원 일생일대 최초로 짝이라고 생각했던 녀석이 바람둥이였다니!

만세 만세 만만세!

양다리 새끼야! 잘 먹고 잘살아라!

치사하고 더러워서 포기한다, 개XXX야! 십 더하기 팔 놈아!

—2003년 2월 10일. 대한민국 서울. 눈 그치고 지독한 추위.

밤새 악몽에 시달리다가 좀비 같은 모습으로 또 서울대 학생회관으로 달려갔다.

바람둥이 녀석에게 마지막 안녕을 전하기 위해서였다.

무슨 일이지?

그 바람둥이 녀석이 아홉 시가 돼도 오지 않았다.

어이없게도 내가 그 녀석을 걱정했다.

열 시쯤 그 녀석이 왔다.

이건 또 뭐임?

그 녀석이 거대한 몬스터 한 마리를 데리고 들어왔다.

즉시 괴상한 풍경이 펼쳐졌다.

몬스터는 엄청나게 큰 가방에서 도시락과 우유 빵 등을 꺼내 먹기 시작했다.

그 녀석은 무대 주변을 돌아다니며 목을 풀고…….

어쨌든 기회가 왔다.

양다리 녀석에게 멋진 작별 인사를 전해주고 떠나자!

—오빠! 나랑 결혼해 줘!

애고고고— 내 입에서 나간 말이지만 믿을 수가 없었다.

웬 프러포즈?

밤새 연습한 작별 인사는 어디가고 뜬금없이 프러포즈야?!

이 희한한 프러포즈에 녀석은 그저 미소만 지었다.

대신 옆에서 빵을 처먹던 몬스터가 대답했다.

내 인생에 길이길이 남을 만한 명답이었다.

—완이한테 프러포즈 한 여자애 중에서 니가 제일 못생겼다. 가슴도 제일 작고 키도 제일 작고!

내 생애 처음 프러포즈한 그날!

제일 못 생기고, 제일 가슴이 작고, 제일 키가 작은 나는 알코올에 의해서 필름이 끊겼다.

밤새도록 소리를 지르다가 눈을 떴을 때…….

녀석의 품 안이었다.

내 치흔으로 가득 차 있는 섹시한 가슴!

—서울대학교병원장 박예원 박사의 자서전

〈내 생애 마지막 프러포즈〉 중에서 발췌.

"후후후!"

박예원이 쓰디쓴 웃음을 토했다.

작별인사 대신 프러포즈를 한 그날!

오늘처럼 이렇게 눈발이 흩날리는 날이면 꼭 그날이 떠올랐다.

화사한 롱코트를 걸친 채 한껏 멋을 낸 박예원이 예쁜 꽃바구니를 들고 하얀 눈이 내리는 인천국제공항의 VIP 게이트 쪽으로 걸어갔다.

웅성웅성!

박예원이 걸음을 멈췄다.

가고 싶어도 더 이상 갈 수가 없었다.

삑삑삑!

VIP 게이트 쪽으로 엄청난 인파들이 몰려들고 중무장을 한 수십 명의 경찰이 호루라기를 불며 출입을 통제하고 있었다.

"칫! 이제는 마음대로 만날 수도 없을 만큼 엄청난 거물이 되셨네."

박예원이 코방귀를 뀌고,

"무작정 황제를 뵙겠다고 달려온 내가 바보지!"

꽃다발을 든 채 힘없이 걸음을 돌렸다.

그때, 주차장 저편에서 자동차 키를 든 서민희가 다가왔다.

"왜? 와니 오늘 안 들어온대?"

"잘못하면 녀석에게 내 시체를 보여줄 것 같다. 사람들에게 밟혀 죽은 시체!"

"그러길래 내 뭐라 했어? 와니 매니저한테 전화해서 신분 밝히고 사전에 약속해서 만나는 게 빠르다니까."

"그렇게는 못해! 내 신랑 내가 만나는데 무슨 전화고, 예약이야?"

박예원이 단호하게 말을 잘랐다.

"킥킥! 어머님이 와니를 김 서방이라고 부르더니 넌 아예 신랑이라고 하네?"

"그럼 바보야! 내 거시기에 점이 있다고 점순이라고 놀려대는 녀석이 신랑이지 뭐냐?"

"……!"

서민희가 움찔했다.

박예원과 김완의 사이가 자신이 생각했던 것보다 훨씬 가깝다는 것을 눈치챘기 때문이다.

서민희는 박예원과 초등학교부터 지금까지 붙어 다닌 절친이었다.

오늘 아침에도 사우나에 가서 서로 때를 밀어줬다.

아랫배가 나왔느니 들어갔느니 깔깔대면서.

당연히 거시기에 붙어 있는 점도 잘 알고 있었다.

"너… 와니 지난번 병원에서 말고 또 만났던 거야?"

"너 같으면 늠름한 신랑이 옆에 있는데 바늘로 허벅지만 찌를래? 독수공방으로 보낼 거야?"

"그, 그건 아니지만!"

"세 번 잤어. 서울에서 두 번 대전에서 한 번! 치사하게 무슨 간첩 접선하는 것 같더라. 여기저기 눈치 봐야 되고!"

"그랬구나. 어쩐지 어머님이 자꾸 네 걱정을 하시더라."

"애기 가지려고 산부인과 주임 교수님한테 어드바이스까지 듣고 갔는데 실패야. 뭐가 그렇게 좋은지 밤새 지랄발광만 해대고!"

"……!"

"아후! 추운데 괜히 나왔……?"

턱!

박예원이 투덜거리며 신경질적으로 걸음을 옮길 때 검은 장갑을 낀 손이 어깨를 잡았다.

"아무 말도 하지 마! 그냥 나를 안아서 내 똥차에 태워."

박예원이 몸을 가늘게 떨며 목소리도 같이 떨었다.

검은 장갑의 상대가 코트를 벗어서 박예원에게 걸쳐줬다.

그리고 가볍게 박예원을 안았다.

쪽!

박예원이 검은 장갑을 마주보며 볼에 키스를 했다.

"왠지 삼류영화를 보는 것 같다."

서민희가 지켜보며 엄마 미소를 지었다.

검은 장갑의 상대는 박예원을 안은 채 눈이 소록소록 내리는 인천공항 주차장을 천천히 걸어갔다.

박예원의 눈에서 눈물인지 눈이 내려 녹는 물인지 분간이 안 되는 액체가 하염없이 흘러 내렸다.

검은 장갑을 낀 손의 주인은 박예원이 신랑이라고 부르던 김완이었다.

"엄마 때문에 힘들었지?"

"괜찮아."

"다시는 엄마가 괴롭히지 않을 거야. 엊그제 나랑 대판했거든!"

"그러지마. 어머님은 너를 생각해서 그러는 거잖아?"

"역시 울 신랑은 늘 부처님이셔……."

철컥!

서민희가 미소를 띤 채 똥차 문을 열었다.

"키 줘, 민희야!"

"운전하게?!"

"그럼 어떻게 여자 보고 운전하라고 해? 멀쩡한 남자가 옆에 있는데."

"언제 봐도 매너 쩔어. 박예원이 죽기 살기로 쫓아다닐 만 해."

"안 돼! 민희 네가 운전해. 울 신랑은 나 안아줘!"

박예원이 김완을 쳐다보며 눈을 흘겼다.

부우우웅!

서민희가 운전하는 똥차.

오금숙 여사가 박예원이 서울대에 합격했을 때 선물한 은회색 그렌저 승용차가 그렇게 눈이 내리는 인천국제공항을 빠져나왔다.

"왕중왕전 우승 축하해. 정말 정말 통쾌했어!"

서민희가 백미러로 박예원을 안은 채 뒷좌석에 앉아 있는 김완을 쳐다보며 해맑은 미소를 지었다.

"고맙다! 덕분에 어렵지 않게 우승할 수 있었어."

"이제 올 시즌은 모두 끝난 거야?"

"하하! 나 같은 프로골퍼에게는 시즌 아웃이라는 게 없어. 세계 각국에서 계속해서 경기가 열리는데 뭐. 일월 초순에 PGA투어가 또 시작되고."

"넘 피곤하겠다."

"처음엔 시차 적응도 안 되고 정신이 하나 없더라고. 이젠 버릇이 돼서 괜찮아."

김완이 미소를 지으며 대답했다.

"오늘부터 얼마나 시간 있대, 울 신랑?"

박예원이 사랑스러운 눈으로 김완을 바라보며 입을 열었다.

"길면 사흘 짧으면 이틀!"

"그럼… 나 데리고 여행 가! 울 신랑이랑 꼭 가고 싶었어."

"어디 가고 싶은데?"

"러시아!"

"민희야! 차 돌려서 영동고속도로로 가."

"……!"

김완이 노타임으로 차를 돌리라고 하자 박예원과 서민희가 흠칫했다.

박예원은 농담 반 진담 반으로 말했고, 서민희도 그것을 알고 있었다.

영동고속도로는 강원도로 가는 도로였고, 강원도 동해시에 가면 러시아로 가는 국제 여객선을 탈 수 있었다.

골프 황제 김완에게는 좀처럼 일탈이란 것이 없었다.

또래 청년들이 흔히 범하는 친구들과 어울려 밤새 술을 먹고 어쩌고 하는 이런 일들을 찾을 수가 없었다.

아니, 하고 싶어도 시간이 없어서 하지 못했다.

늘 모든 일을 철저히 계획했고 기계처럼 맞춰서 실천했다.

하지만, 신채린이나 한희라 등 자신과 관계를 맺은 여자들이 뭔가 부탁을 하면 아주 간단히 일탈을 했다.

내일 당장 죽어도 부탁을 들어줬다.

그 많은 여자들이 김완에게서 헤어 나오지 못하는 매력 중 하나였다.

"바보야! 시간 없어서 못 간다고 해! 너처럼 지랄 맞은 계집애랑 여행가기 싫다고! 채린이나 희라처럼 아주 잘나가고 예쁜 계집애들이 줄을 섰다고 해."

느닷없이 박예원이 씩씩댔다.

"농담이었어? 여행가고 싶다는 거?"

"아, 아니……."

김완이 정색하고 물어보자 박예원이 황급히 고개를 흔들었다.

"동해항에 가면 러시아 블라디보스토크로 떠나는 배가 있어. 그거 타고 다녀오자."

"난 몰라! 난 몰라!"

박예원이 김완의 품에 얼굴을 묻은 채 마구 흔들었다.

"오, 오늘 마지막으로 신랑 얼굴 보러 나왔는데… 도저히 헤어지질 못하겠어!"

박예원이 울부짖었다.

"이렇게 괜찮은 남자랑 왜 헤어져야 돼? 왜? 진짜 진짜 헤어지기 싫어. 흑흑흑……."

박예원이 장대비 같은 눈물을 쏟으며 흐느꼈다.

"이 머저리— 헤어지긴 왜 헤어져? 네가 어디가 부족해서? 채린이나 희라보다 뭐가 부족해? 끝까지 가! 사랑은 양보하는게 아니라 싸워서 쟁취하는 거래!"

빵! 빵빵!

이번엔 서민희가 소리치며 경적을 마구 눌렀다.

"……."

그리고 한참 동안 김완도 박예원도 서민희도 아무도 말이 없었다.

부우우웅!

은회색 그렌저 승용차만이 힘껏 포효하며 눈 내리는 영동고속도로를 질주했다.

빠아아앙!

검은 빛 바다 위를 밤배 저어 밤배.

무섭지도 않은가 봐, 한없이 흘러가네.

밤하늘 잔별들이 아롱져 비출 때면 은하수 건너가네.

배 고동 소리와 함께 어디선가 귀에 익은 노래 소리가 들렸다.

러시아로 가는 DBS 국제여객선이 어둠에 잠긴 눈 내리는 동해항을 떠나고 있었다.

"바보야! 그렇게 좋아하는 남자를 왜 이제 와서 포기해? 러시아에 가서 돌아오지 마. 아예 러시아에서 눌러살아!"

서민희가 선착장에 서서 손나팔을 만든 채 블라디보스토크로 떠나는 여객선을 향해 소리쳤다.

"완이는 너를 버리지 않아! 죽는 그날까지 너를 공주마마처럼 사랑해 줄 거라고. 절대 떨어지지 마."

서민희가 선착장을 뛰어가며 갑판 위에 서서 손을 흔드는 김완과 박예원을 향해 손을 흔들었다.

"저거… 뭐라고 소리 지르는 거야?"

박예원이 김완의 품에 안긴 채 서민희를 쳐다보며 입을 열었다.

"울보 예원이더러 그만 울랜다."

"피이!"

박예원이 삐쭉거렸다.

"난 왜 울 신랑만 보면 눈물이 나지? 오늘도 공항에 나올 때 울지 않으려고 여러 번 마음을 다 잡았는데……."

"할 말 없다. 모두 내 죄야."

"아니, 죄라면 울 신랑이 너무 괜찮은 남자라는 데 있어."

박예원이 눈물을 훔치며 키스를 해 달라는 듯 입술을 내밀었다.

김완과 박예원이 러시아로 가는 국제 여객선의 눈 내리는 갑판 위에서 오랫동안 깊게 키스를 했다.

"너무 좋아, 신랑… 나 부탁이 있어."

"말해!"

"나랑 결혼 안 해줘도 좋아. 대신 나 신랑 애기 갖게 해줘!"

"……!"

"책임지라고 안 할게. 나 혼자 키울 거야."

"예원아!"

"채린이는 애기 갖게 해줬잖아? 근데 왜 나한테는 애기를 안 줘?"

"……."

김완이 한참 동안 박예원을 쳐다봤다.

"내가 그렇게 좋아?"

"응! 첫눈에 반해서 죽을 때까지 사랑할 수 있는 사람이야. 김완이란 남자는……."

"아무래도 난 평생 한 여자와 가정을 꾸리고 살 팔자는 못되는 것 같다. 그냥 지금처럼 이 여자 저 여자와 그짓하다가 죽을 것 같아."

"……!"

"여행 끝나고 너네 병원에 가. 최소한 지금까지 너를 속이지는 않았다는 것을 증명해 주고 싶어. 너한테 애기 어쩌고… 그거 아냐!"

"……."

"정말 평생 혼자 살 자신 있어?"

"자신 없어. 우리 애기나 신랑이 옆에 있어야 돼."

"그럼 내가 옆에 있어 줄게!"

뿌우우우웅!

러시아 블라디보스토크로 떠나는 국제 여객선.

김완이 자신의 미래를 정확히 읽었다.

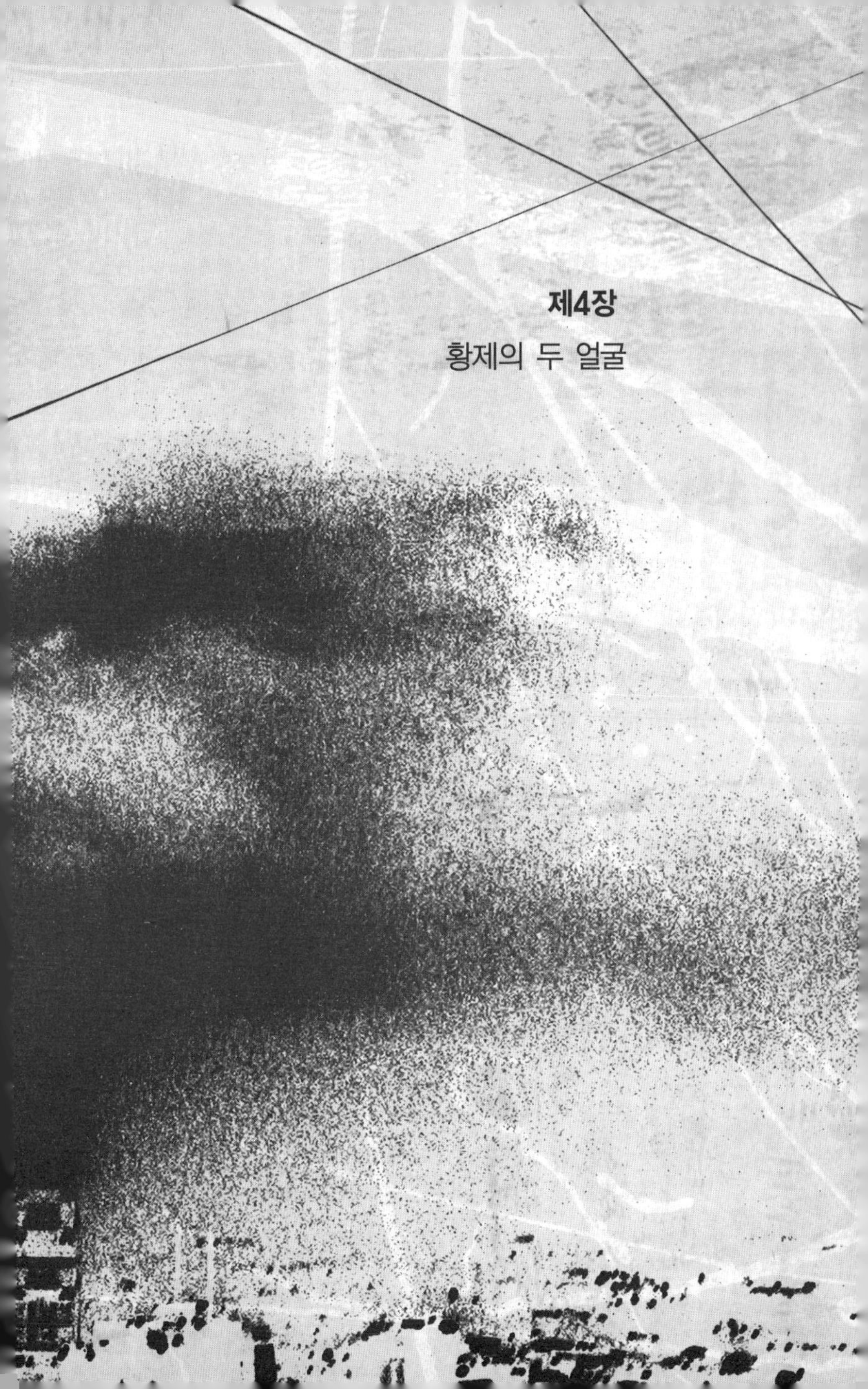

제4장

황제의 두 얼굴

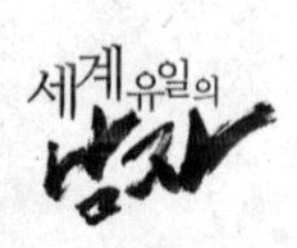
세계 유일의
남자

"화이트 크리스마스……."

산타크로스 복장을 한 남녀 가수 두 명이 DBS 대공개홀 무대에서 크리스마스 캐럴을 열심히 부르고 있었다.

다가올 크리스마스에 내보낼 일요일 일요일이 좋아 리허설 중이었다.

"하늘 씨, 어제 술 많이 마셨나? 목소리가 맛이 갔네!"

"미친다! 크리스마스 캐럴이 아니라 머리통 깨롤이야."

황연주와 양명옥 PD가 무대 아래서 귀엽게 생긴 이십대 여자 가수를 쳐다보며 인상을 찌푸렸다.

"컷! 컷컷!"

일일조의 책임 PD인 공경택 부장이 신경질적으로 큐 카드를 휘두르며 무대 위로 뛰어 올라왔다.

"야, 김하늘! 너 목소리 왜 그래?"

공 부장이 여자 가수가 쓰고 있던 방울 달린 빨간 모자를 벗기며 짜증스럽게 물었다.

"죄송해요, 부장님! 어제 행사가 늦게 끝나서……."

"야, 김하늘 매니저! 당장 하늘이 데리고 가서 목소리 고쳐 와."

"예예! 부장님."

삼십대 남자가 황급히 여자 가수를 데리고 내려갔다.

김하늘은 지난 삼월에 〈초록 드레스〉라는 곡을 발표해 한창 뜨고 있는 인기 가수였다.

"푸후후! 혈압 올라서 못해먹겠다. 쉬었다 하자고! 다섯 시 정각에 다시 집합해!"

"알겠습니다, 부장님!"

"수고하셨습니다, 부장님!"

공 부장이 들고 있던 큐 카드를 김 PD에게 던지며 신경질적으로 지시하자 섹션들과 스태프들이 우르르 무대에서 내려갔다.

"아오, 짜증 나! 오늘 또 날밤 까는 거야?"

"빡친다, 빡쳐— 벌써 며칠째 철야냐?"

황연주와 양 PD 입이 툭 튀어나왔다.

"근데 부장님 왜 저래, 언니? 완전 왕까칠쟁이네!"

"쨱 소리 말고 빨리 튀자! 오늘 같은 날 잘못 걸리면 개박살 난다."

양 PD가 황연주의 등을 떠밀며 재빨리 DBS 공개홀을 나섰다.

"왜? 오늘이 무슨 날인데?"

"따야! 지금 위에서 인사위원회가 열리고 있잖아?"

"그렇구나! 그래서 울 부장님이 똥 마려운 강아지마냥 난리를 피웠어."

"얼마나 초조하겠어? 당신 인사기록 카드를 놓고 설레발치는 게 막 들릴 텐데, 게다가 이번이 국장님이 되실 천재일우의 기회 아니냐!"

"국장? 부장님이 국장 단다는 거야?! 국장 대우 부국장 이런 거 몽땅 건너뛰고?"

"그렇댄다! 예능3국이 신설될 찰나 조 부국장님은 미주지국으로 가셨고 이 부장님은 병가를 냈고 3국을 맡을 분이 공 부장님밖에 없대."

"울 부장님 대박 터졌네?"

"정확하게 말하면 터지기 일보 직전이지!"

황연주와 양 PD가 공개홀을 나와 복도를 걸어가며 수다를 떨었다.

한 해가 끝나가는 마지막 달은 많은 사람들에게 특별한 의미를 준다.

특히 대한방송사 DBS는 12월 초순만 되면 사내가 떠들썩해 진다.

직원들의 인사를 결정하는 정기 인사위원회가 열리기 때문이다.

"지금 터졌다! 문자 날아왔어."

뒤따라오던 김 PD가 휴대폰을 살펴보며 소리쳤다.

"진짜?!"

"울 부장님 국장님 된 기야?"

"공경택 제작1부장, 예능3국장으로……."

황연주와 양 PD가 거의 동시에 질문을 했고 김 PD가 휴대폰 화면에 찍힌 글씨를 또박또박 읽었다.

"캬하 내일 또 철야구나! 오늘과는 많이 다르게 술 마시고 노래하고 춤추며!"

"지난번에 정 회장이 우리 데리고 갔던 강남의 환타지아 클럽! 거기 죽여주더라. 거기 한 번 더 쏘자!"

"좋아! 울 부장님 아니, 이제 국장님이시지. 국장님 카드날이 아주 새파랗게 서도록 만들어주자고."

황연주와 양 PD가 환하게 웃으며 마구 몸을 흔들었다.

"그래! 일단 오늘은 황 차장님과 함께 광란의 밤을 보내자고."

황연주와 양 PD가 자신들이 국장이라도 된 양 난리법석을 떨자 김 PD가 점잖게 한마디 했다.

"황 차장? 황 차장은 또 누구야?"

"엔지니어부에 계신 분인가?"

황연주와 양 PD가 눈을 껌벅거렸다.

"황연주 제작1부 PD. 예능 제3국 차장으로 승진… 이런 문자가 떴는데? 황연주가 엔지니어부 소속이냐?"

"황연주? 나아아아?!"

"연주가, 황 PD가 차장으로 승진했단 말야, 김 선배?"

"뺑인지 모르지만 인사부에 있는 내 동기가 보낸 문자에 그렇게 찍혀 있네."

"……!"

김 PD가 농담처럼 말을 건네자 황연주와 양 PD가 입을 딱 벌렸다.

열흘 전쯤부터 황연주가 차장으로 특진할 거라는 소문이 사내에 파다했다.

하지만 당사자인 황연주나 그녀와 같이 근무하는 제작1부의 양 PD 등은 이 소문을 믿지 않았다.

황연주는 내년에 고작 입사 삼 년 차가 되는 병아리 PD였다.

황연주 앞에는 백여 명이 넘는 선배가 목을 빼고 대기하고 있는 형편이었다.

착각이었다.

양 PD 등은 아직 젊었기에 눈에 보이는 세상보다 눈에 보이지 않는 세상이 훨씬 넓다는 것을 몰랐다.

세월이 고수를 만드는 것은 아니다.

회사에 오래 근무했다고 누구나 상무 전무가 되고 사장이 되는 것은 아니다.

개인의 능력이 자리를 만든다.

실력이나 운, 배경 등은 모두 개인의 능력에 속 한다.

현재 황연주는 대한방송사 DBS의 23%나 되는 막대한 지분을 가지고 있는 대주주의 최측근이었다.

"황 PD! 차장 승진 축하한다."

"완전 황연주 시대가 도래했어. 입사 이 년 만에 차장 달고!"

"회장님 사모님 끗발 후덜덜덜… 축하축하!"

DBS 직원들이 복도를 지나가며 황연주에게 연신 축하인사를 건넸다.

"레알이었구나? 다큐였어!"

“황연주 진짜 대단하다 대단해 하하하!”

“……?”

황연주가 자신의 승진이 좀처럼 믿기지 않는 듯 고개를 갸우뚱거렸다.

양 PD가 황연주의 손목을 잡아채며 사내 식당 구석으로 끌고 갔다.

“언니보다 먼저 승진됐다고 씹지 않을 테니까 딱 두 가지만 약속해!”

양PD 황연주를 쏘아보며 말했다.

“미안해, 언니.”

“내 말 못 들었어? 약속하라고!”

“헤헤, 알았어. 뭐든 말해.”

“첫째! 내년에 언니 차장 달아줘.”

“이 바보 딱따구리 언니가 무슨 말을 하는 거야? 내가…….”

황영주가 기가 막힌 듯 양 PD의 별명을 부르며 눈을 흘겼다.

“무슨 힘이 있어서 어쩌고 하는 말 따윈 치워! 확실하게 깨우쳐 주마.”

양 PD가 뾰족한 콧날을 황연주의 얼굴 앞에 바짝 들이밀었다.

"넌 그 옛날 서울대 학생회관 지하실에서 열심히 빵을 먹던 빵순이, 그 황연주가 아냐. 내일모레면 회장님 사모님이 될 분이고 대한민국 재계의 원탑을 놓고 경쟁하는 한국그룹 회장댁 막내며느리야. 언더 스탠드?"

양 PD가 빵순이 황연주의 업그레이드된 신분을 찬찬히 가르쳐 줬다.

그리고 영어 표현으로까지 이를 강조했다.

이해가 되냐고!

"……!"

그제야 황연주는 자신이 승진된 이유를 눈치챘다.

"한국그룹 정영구 회장님이 우리 방송사 대주주라는 거 너 빼고 세상 사람 다 알아."

"그럼 아버님이?!"

"그렇지! 네 시아버님이 윗분들에게 영향력을 행사한 거지."

"아버님도 참……."

황연주가 양 PD의 말을 완전히 이해한 듯 얼굴을 붉혔다.

그랬다.

황연주와 정중환은 돌아오는 크리스마스 날에 서울 남산에 위치한 한국호텔에서 백년가약을 맺는다.

양가 어른들은 만세 삼창으로 두 사람의 결혼을 대환영했고 양쪽 식구들 상견례를 끝내고 혼수를 장만하고 있었다.

"언니 말, 충분히 알아들었어. 기회 봐서 아버님께 잘 말씀드릴게."

"좋아 좋아! 그럼 두 번째! 내년 한 해만 피임해."

"피, 피임? 피임이라니……?"

"늦었네, 늦었어! 이 웬수가 이미 일을 저질러 버렸구만."

"내가 무슨 일을 저질러?"

"너 솔직히 불어! 요 근래 정 회장이랑 몇 번 잤어?"

"그, 그게… 한 서너 번 되나?"

양 PD의 노골적인 질문에 황연주의 얼굴이 곧 타오를 만큼 빨개졌다.

영악한 양 PD가 짐작했듯 아가씨 황연주는 얼마 전에 아줌마가 됐다.

호기심 세포가 유난히 발달한 황연주는 정중환이 혹시 빵꾸난 물총이 아닌가 살짝 걱정이 돼서 술 한 잔 걸치고 호텔로 유혹했다.

확인 결과 씩씩한 대한민국 총각이 맞았다.

고릴라 탈을 쓴 토끼!

러닝타임 오 분에서 십 분쯤…….

"섹스 할 때 피임약이나 콘돔 같은 거 사용했어? 안 했어?"

어느덧 고참 줌마가 된 양 PD의 질문이 노골적이나 못해 적나라하기까지 했다.

"아무것도 안 했는데… 그냥 열심히……."

"아이고……. 지금쯤 여기 애기가 있을지도 모를 일이네."

양 PD가 황연주의 배를 톡톡 치며 한숨을 길게 내쉬었다.

"아……! 남자랑 거시기 하면 애기를 갖는 거지?"

"애기를 갖는 거지?! 이렇다니까! 우리나라 교육이 이래서 문제야. 서울대학교 영문과를 우수한 성적으로 졸업하면 뭐해? 피임조차 제대로 모르는데!"

"나… 그럼 내년엔 엄마 되려나……? 꼬무락 꼬무락 헤헤, 귀엽겠다……. 헤헤헤!"

황연주가 자신의 배를 쓸며 특유의 웃음을 터뜨렸다.

"2월에 시작하는 〈DBS 음악회〉를 왕창 띄워서 방송가를 뒤집어 놓고 싶었는데 깨끗이 쫑 나는 거 아닌가 모르겠네."

"임신했다고 일 못하나 뭐?"

"멍따야! 정 회장이 너 임신했는데 회사에 출근시킬 것 같애?"

"……!"

"학창 시절부터 너를 여왕처럼 떠받들었는데 아마 너 애기라고 가졌다 하면, 정 회장이 그날부로 집에 가둘 거다. 도우미 아줌마 수십 명 붙이고……."

"정말 그럴지도 몰라. 그 사람이 워낙 꼬마들을 좋아하거든."

"일단 검사해 보고, 만약 진짜다 하면… 4, 5월까지는 회사에 나와. 대뜸 휴직계 내지 말고. 내 말 무슨 뜻인지 알지?"

"응응! 알아들었어."

일주일 전, 황연주와 양 PD는 내년 초에 방송되는 음악 프로인 DBS 음악회의 책임 PD와 제작 PD로 내정됐다.

영악한 양 PD는 빽 좋은 황연주가 스태프에 이름을 걸고 있어야 외압에서 자유로울 수 있다는 뉘앙스를 풍겼고, 영리한 황연주는 쉽게 알아들었다.

"일단 오늘은 밥부터 사고 차근차근 가볼까!"

"딱따구리 언니! 나 이 년 차 PD야."

"아주 이 년 차 PD라는 말이 입에 붙으셨네? 우리 황 차장님!"

"뭐, 뭐 먹을 건데?"

"메뉴는 저 빈대들하고 의논해 보고 가르쳐 주마."

"켁!"

양 PD가 사악한 미소를 지으며 몸을 돌리자 황연주가 그대로 뒤집어졌다.

"승진 축하해, 황 PD!"

"배고파 죽겠슈, 황 차장님!"

김 PD를 비롯한 삼십여 명의 일일조 스태프가 식당 저편에 앉아 활짝 웃으며 손을 흔들었다.

"우씨— 오늘은 부장님 카드가 아니라 내 카드를 잡는 날이었잖아?"

"껄껄껄! 신경 쓰지 말거라. 이 애비가 카드를 잡으마!"

황연주가 투덜거리며 품에서 지갑을 꺼낼 때 뒤에서 굵직한 음성이 들렸다.

"아, 아버님?!"

황연주가 화들짝 놀랐다.

하얀 머리를 올백으로 멋들어지게 빗어 넘긴 거구의 노신사.

대한민국 제일 부자로서 미국 경제 전문지인 월 스트리트 저널에 의해 2009년 세계 백대 거부 중 한 명으로 선정된 한국그룹 오너.

정중환의 아버지요, 황연주의 예비 시아버지.

정영구 회장이 인자한 미소를 머금은 채 수행원들과 함께 다가와 있던 것이다.

"우리 회사까지 어쩐 일이세요, 아버님?"

황연주가 얼굴을 붉히며 정영구 회장에게 쪼르르 다가갔다.

"껄껄껄! 우리 막내 애기가 회사에서 일은 잘하는지 궁금해서 왔다."

정영구 회장이 황연주가 몹시 사랑스러운 듯 등을 톡톡 두드리며 말을 받았다.

"아버님도……. 아직 식사 안 하셨죠?"

"오냐! 나가자. 오랜만에 점심이나 같이하자꾸나."

"저는 아직 퇴근 시간이 멀었는데……."

"괜찮다. 내가 손 회장한테 얘기해 놨다."

손 회장은 DBS CEO인 손완규 회장을 뜻했다. 회장의 말에 머뭇거리던 황연주는 다소 화사해진 얼굴로 답했다.

"아, 네에……!"

"나가시죠, 연주 씨! 회장님께서 막내 며느님 밥 사주신다고 손수 식당 예약까지 하셨습니다."

정영구 회장의 수행원인 박명각 비서실장이 미소를 띠며 추임새를 넣었다.

"그럼 아버님 잠깐만요."

황연주가 재빨리 양 PD에게 카드를 건네주고 돌아왔다.

"나가세요, 아버님!"

"오냐! 그래."

황연주가 붙임성 있게 정영구 회장의 팔짱을 살짝 끼었다.

"지금 이 식당에 계신 DBS 직원들 밥값은 내가 계산하리다. 마음껏 드시오. 우리 막내 승진 턱이오. 껄껄껄!"

정영구 회장이 식사를 하는 직원들을 돌아보며 호탕하게 웃었다.

"잘 먹겠습니다, 회장님!"

"고맙습니다, 회장님! 안녕히 가세요."

"다음에 기회가 되면 소주 한잔합시다."

직원들이 분분히 일어나 인사를 했고 정영구 회장이 애주가다운 답사를 했다.

"대박! 대박! 대박! 되는 년은 정말 뭘 해도 된다니까―!"

양 PD가 정영구 회장과 팔짱을 낀 채 다정하게 걸어 나가는 황연주를 보며 환성을 질렀다.

"황 PD, 진짜 부럽다. 얼마나 예뻐하면 천하의 정영구 회장이 우리 회사까지 찾아와 승진 턱을 쏘냐?"

"이것으로 결정됐네. 다다음 대 우리 DBS 회장님은 황

PD구만!"

김 PD 등이 일일조 스태프들이 일제히 부러움의 찬사를 흘렸다.

"너 오늘 뒈져쓰! 날이 닳아서 없어질 때까지 긁어주마."

"아하하하!"

양 PD가 황연주가 건네준 카드를 움켜쥔 채 복수(?)를 다짐하자 김 PD 등이 폭소를 터뜨렸다.

* * *

"와니 오빠?!"

정영구 회장과 함께 식당을 나와 DBS 로비를 걸어가던 황연주의 눈이 커졌다.

"안녕하셨습니까, 황 차장님!"

카키색 롱 코트를 걸친 아주 스마트한 젊은 신사.

김완이 미소를 띤 채 반갑게 손을 들었다.

"무, 무슨 황 차장이야? 닭살 돋아."

"승진 축하해."

"고마워, 오빠!

황연주과 김완이 마치 오누이처럼 다정하게 대화를 나눴다.

황연주는 그동안 김완과 가까워지면서 자신도 모르게 김 선배라는 호칭을 버리고 오빠라고 불렀다.

정중환은 오빠에서 자기로 바뀌었고!

"근데 오빠까지 우리 회사에 웬일이야? 무지 바쁠 텐데……."

"나한테 묻지 말고 황 차장 시아버님께 여쭤봐!"

돌연, 김완의 입이 툭 튀어나왔다.

"껄껄껄! 하와이 가서 수억 벌은 놈 털어먹으려고 불렀다."

정영구 회장이 김완을 부른 것은 아들인 정중환의 대타였다.

정중환이 해외 출장을 가고 국내에 없었기에 혹시라도 예비 며느리인 황연주가 불편해 할까 봐 배려하는 차원이었다.

"잘하셨어요, 아버님……."

황연주가 웃으면서 정영구 회장의 말에 맞장구를 치다가 말꼬리를 흐렸다.

처음 보는 외국인 아가씨가 김완 옆에 다소곳이 서 있었기 때문이었다.

꽤나 비싸 보이는 검은 모피 롱코트를 걸치고 황갈색의 보석 같은 눈동자에 잔잔한 미소를 담은 늘씬한 몸매의 이십대 여자였다.

'세상에 저렇게 잘생긴 여자가 다 있나?'

황연주의 입이 딱 벌어졌다.

처음 신채린과 서울대 정문에서 부딪쳤을 때 느꼈던 충격!

바로 그 느낌이었다.

신채린이 동양적인 미인이라면 이 아가씨는 전형적인 서구형 미인이었다.

'근데… 어디서 많이 본 듯한 외국 여자인데? 누구지?'

'그래!! 세계적인 모델인 미란다 커! 미란다 커야!'

황연주가 호주 출신의 유명한 모델인 미란다 커로 착각한 글래머 아가씨.

슬쩍 보면 영화 007 시리즈에서 본드 걸로 나오는 여배우였다.

자세히 보면 백화점 명품관에 서 있는 모피 코트를 걸친 마네킹 같았고!

그녀는 다름 아닌 김완의 중국산 애인, 무지민이었다.

'혹시 내가 모르는 우리 시어머님?!'

황연주가 무지민을 쳐다보다가 정영구 회장을 힐끗 바라봤다.

의심할 만도 했다.

정영구 회장은 환갑이 넘어서 딸을 낳은 희대의 바람둥이였다.

"떼끼, 녀석! 이 시아비가 아직도 이팔청춘인 줄 아느냐?"

"히… 네에!"

"완이 녀석 매니저다."

정영구 회장이 이무기답게 황연주의 속마음을 눈치채고 무지민의 정체를 밝혔다. 그러곤,

"껄껄껄껄—"

정영구 회장이 호탕한 웃음을 터뜨리며 DBS 로비를 빠져나갔다.

'와니 오빠 매니저라구?'

한편, 유난히 발달한 황연주의 호기심 세포가 다시금 요동을 쳤다.

'아닌데? 저 여자가 오빠를 바라보는 눈빛이 그거 아냐.'

황연주가 가재미눈으로 김완과 함께 걸어가는 무지민을 훑어봤다.

'채린이 언니나 희라 언니가 오빠를 바라보는 그 눈빛이라고, 아주 좋아서 죽는……. 아니, 그것보다 좀 진해. 왠지 애잔함까지 풍겨!'

쪽!

그때, 무지민이 미소를 띤 채 김완이 너무 사랑스러운 듯 살짝 키스를 했다.

'그럼 그렇지! 매니저는 개뿔……. 앤이었구만.'

황연주의 촉은 여전히 살아 있었다.

*　　　*　　　*

'와니 오빠가 술을 다 먹네? 저 무시무시한 폭탄주를 냉수처럼 들이켜?'

황연주가 정영구 회장과 연신 술잔을 부딪치는 김완을 쳐다보며 눈을 동그랗게 떴다.

정영구 회장은 두주를 불사하는 애주가였다.

신입사원 환영회나 임원들과의 회식에서 손수 양주와 맥주를 섞어서 폭탄주를 제조해 돌리는 것으로 유명했다.

황연주도 정영구 회장의 술 사랑을 익히 알고 있었고 몇 번 술자리도 했다.

하지만 김완은 아니었다.

대학 일학년 때부터 지금까지 김완이 술을 먹는 것을 처음 봤다.

"그건 그렇고 이놈아! 아비랑 대회를 나가려면 손을 좀 맞춰봐야 되는 거 아녀?"

"아버지하고 대회를 나가? 뭔 대회를……?"

"힉!"

황연주가 너무 놀라 입 밖으로 신음이 새어 나왔다.

김완이 정영구 회장에게 반말을 했기 때문이다.

정영구 회장은 아직도 세파에 흔들리지 않는 나이 불혹, 사십이 되지 않은 자식들과는 겸상하지 않을 만큼 철저한 가부장적인 사고를 가진 사람이었다.

황연주는 양가 어른들의 상견례가 끝난 뒤 정중환의 이복형들과 이복누나들까지 십삼 남매를 모두 찾아가 만났다.

덕분에 정영구 회장 집안의 풍습을 어느 정도 알게 됐다.

내년에 환갑인 정중환의 큰형님조차 정영구 회장에게 아버님이라고 깍듯이 존대를 했다.

누구 하나 아버지나 아빠라고 부르는 사람이 없었다.

한데 김완이 술이 몇 잔 들어가자 말이 짧아지면서 친구들에게 쓰는 말투를 썼다.

"내 이놈 이럴 줄 알았다!"

"아후—! 아버지는 참! 말이나 제대로 해주고 주먹을 날리는지 해?"

정영구 회장이 술잔을 내려놓으며 주먹으로 쥐어박자 김완이 인상을 썼다.

"야, 박 실장! 그 명사 초청 프로암대회 책자 완이한테 갖다 줘라."

"예, 회장님!"

저쪽 테이블에서 식사를 하던 박명각 비서실장이 후다닥 밖으로 나갔다.

"아, 프로암대회? 이제 기억난다. 타이페이에 열리는 그 세계명사 초청 프로암대회 말하는 거지?"

"그래, 이놈아! 타이완 정부에서 미국의 클린턴이니 중국의 장택상이니 러시아의 푸틴이니 좀 한다는 인간들을 몽땅 초청했다며?"

"죄송 죄송! 너무 바빠서 잊고 있었어."

명사 초청 프로암 골프 대회.

골프계에서 흔히 볼 수 있는 이벤트성 대회로 프로와 아마추어가 페어가 돼 경기를 해서 '프로암(Professional and amateur)' 이라는 이름이 썼다.

이번 타이완에서 개최되는 프로암 골프 대회는 타이완 정부에서 직접 주관하는 행사로, 이름만 대면 알 수 있는 세계 유명 인사들과 각국에서 가장 잘나가는 프로 골퍼를 초청해 페어로 묶었다.

미국에서는 클린턴 전 대통령과 타이거우즈를 초청했고 한국에서는 정중환 회장과 김완을 초청했다.

당연히 유명 인사들과 프로골퍼들에게 엄청난 초청료와 개런티를 안겨줬다.

"그럼 내일 제주도 갈까, 아버지? 제주도는 아직 공 치기에 괜찮을 거야!"

"오냐! 새벽에 집으로 오너라. 간만에 제주도 바람 좀 쐬고 오자꾸나."

김완이 큼직한 잔에 폭탄주를 가득 따르며 말하자 정영구 회장이 고개를 주억거렸다.

"막내는 내일 시간 어떠냐? 완이랑 셋이 제주도에 다녀오련?"

정영구 회장이 황연주에게 제주도 골프 여행에 동행을 권하며 미소를 지었다.

하지만 이런 회장의 권유에 황연주는 당황할 수밖에 없었다.

연말연시 방송국의 상황은 그야말로 전쟁터 한복판.

빠져나갈 수 있을 리 없다.

"죄, 죄송해요, 아버님! 방송사는 연말이 되면 전쟁터거든요."

"껄껄껄! 괜찮다! 바쁘면 어쩔 수 없는 게지."

"근데 연습은 좀 한 거야, 아버지? 우리 또 지난번 싱가포르에서처럼 꼴등 하는 거 아냐?"

"내 그 소리 듣기 싫어서 죽기로 연습했다. 아예 필드에 살았어, 이놈아."

"좋아! 이번 대회 함 먹어보자고."

"껄껄껄! 이 아비만 믿어라. 위하여—!"

쨍!

또다시 정영구 회장과 김완이 폭탄주가 가득 담긴 술잔을 부딪쳤다.

"바빠도 타이페이에 꼭 다녀오자꾸나. MMX 수석 부회장이 잭 니클아우스와 페어가 되어 참가한단다."

"……!"

정영구 회장의 묵직한 말에 김완이 술잔을 입에 대려다 그대로 멈췄다.

MMX.

김완의 아버지가 마지막으로 보낸 매일에 나오는 다국적 군수산업체 이름이었다.

"알았어. 이번 프로암대회는 무조건 우리 팀이 우승이야."

"녀석! 그런 뜻에서 건배!"

정영구 회장과 김완이 힘차게 전의를 다지며 술을 마셨다.

'두 분이 친구였구나. 골프 친구 술친구…….'

그렇다.

골프든, 테니스든, 배드민턴이든 취미로 운동을 해본 사람들은 잘 안다.

같은 종목의 운동을 취미로 하는 사람들은 남녀노소를 떠나 친구가 된다.

공통의 화제를 놓고 대화하고 즐기기 때문이다.

김완은 분명 정영구 회장 아들인 정중환의 친구였지만, 지금은 아버지와 더 많이 놀았다.

틈만 나면 정영구 회장이 김완을 필드로 불렀고, 둘은 공을 치면서 어울렸다.

김완은 정영구 회장의 골프 친구 겸 선생님이었다.

덕분에 김완의 입에서 자연스럽게 반말이 나왔고…….

영리한 황연주는 정영구 회장이 오늘 김완과 함께 부른 이유를 금방 눈치챘다.

정영구 회장은 예비 며느리인 황연주에게 김완이 친인척은 아니지만, 아주 소중한 사람이니 잘 대우해 주라고 묵시적으로 말하고 있음이 분명했다.

콕!

옆에 앉아 있던 무지민이 김완의 무릎을 살짝 찔렀다.

술을 그만 마시라는 신호였다.

"괜찮아!"

"그래도……."

김완이 술잔을 든 채 미소를 띠자 무지민이 걱정스러운 듯 얼굴을 찌푸렸다.

"근데 미나는 왜 깨작거려? 우리 아버지 그렇게 무서운 분 아냐!"

"오냐! 먹을 때 체면 차리는 놈이 세상에서 가장 바보다. 눈치 보지 말고 많이 먹거라. 많이 먹어!"

정영구 회장이 인자하게 말을 이었고 김완이 생선회를 잔뜩 집어 무지민 앞에 놓아줬다.

"난 됐어, 자기야."

무지민이 얼굴이 발개지면서 나직이 입을 열었다.

'헹, 자기래? 외국 여자가 자기라는 말을 사용할 정도면 부부네. 오래 살았어!'

황연주가 입술을 삐쭉거리다 눈을 가늘게 떴다.

'지금 완이 오빠가 저 여자 수발을 들어주고 있잖아? 채린 언니나 희라 언니도 저렇게 안 챙겨줬는데?!'

황연주가 놀랄 만도 했다.

식사를 할 때 손가락 하나 까딱하지 않는 황제 식습관을 지닌 김완이 식탁 위에 놓인 여러 가지 음식들을 무지민에게 챙겨주고 있었기 때문이다.

그만큼 김완이 무지민을 끔찍하게 생각한다는 반증이

었다.

"먹기 싫어?"

김완이 다시 참새 모이 먹듯 하는 무지민에게 한마디 했다.

"아, 아냐!"

무지민이 얼른 젓가락을 들었다.

정영구 회장은 일본 게이오대 유학파답게 일식을 즐겼다.

그런 그가 김완과 황연주를 데리고 온 이곳은, 자신이 자주 찾는 단골집으로 다다미까지 깔린 전형적인 고급 일식당이었다.

일식집인 관계로 생선회를 주 메뉴로 하는 날생선으로 만드는 음식이 많았다.

중국인인 무지민은 정영구 회장이나 김완과 달리 날생선을 좋아하지 않았다.

"아, 그래. 미나 생선회 못 먹지……. 여기요!"

김완이 이제야 생각이 난 듯 머리를 주억거리며 도우미 아가씨를 불렀다.

위생복을 걸친 도우미 아가씨가 총총걸음으로 다가왔다.

"날생선 못 먹는 사람이 있거든요. 죄송하지만 소갈비 삼인분만 시켜주세요."

"네에, 감사합니다!"

김완이 도우미 아가씨에게 수표 한 장을 건네주며 소갈비를 시켰다.

"끼 놈! 애인 입만 입이냐? 이 애비도 좀 그렇게 챙겨 보거라."

"막내며느리 옆에 있잖아. 난 이 사람 챙기기도 바빠."

"자기는……."

무지민이 얼굴을 붉히며 어쩔 줄 몰랐다.

이를 보며 황연주는 과거 다른 사람들을 통해 들었던 소문 하나를 떠올렸다.

'골프 황제께서는 골프 시즌이 끝나면 세계 각국을 도는 애인 투어를 시작한다더니… 사실이었어.'

황연주가 음료수 잔을 홀짝거리며 쓴웃음을 지었다.

'근데 예쁘긴 지독하게 예쁘다. 같은 여자가 봐도 가슴이 울렁거려!'

황연주가 다시 한 번 가재미눈을 뜨며 무지민을 살폈다.

황연주가 가재미눈이 아니라 오징어 눈을 떴다면 무지민이 보통 여자가 아니라는 것을 쉽게 알 수 있었을 것이다.

주먹에 박인 굳은살이나 몸 전체의 근육이 장난이 아니었으니 말이다.

흡사 강렬하게 단련된 전사의 그것 같은…….

*　*　*

"삼청동요, 기사님!"

취기가 오른 듯 불그스레한 얼굴의 김완이 에쿠스 승용차의 조수석에 올라타며 말했다.

"오빠도 삼청동 가?"

운전석에 앉아 있던 황연주가 눈을 깜박였다.

"그래! 삼청동 황경철 회장님 댁에 볼일이 좀 있어."

"우, 우리 집에? 왜애? 무슨 일이야?"

"예쁜 따님을 주셔서 고맙습니다……."

"……!"

이어지는 김완의 멘트에 갑자기 황연주의 심장이 툭하고 떨어졌다.

"따, 따님을 주셔서 고맙다니? 나… 오빠한테 시집가는 거 아니잖아?"

황영주가 에쿠스 승용차 시트 속에 살고 있는 진드기들이나 들을 수 있을 법한 목소리로 물었다.

"…하고 중환이 놈 대신 인사도 드릴 겸 황 회장님을 뵈러 가는 거야."

"오빠—!"

황연주의 얼굴이 확 붉어졌다.

속마음을 들킨 것 같았기 때문이다.

사랑은 결코 잊히지 않는다.

짝사랑은 더욱더!

“우리 아빠 잘 알아? 어떻게 알아, 오빠?”

황연주가 들킨 속마음을 감추려는 듯 질문 공세를 폈다.

“황 차장님, 머리 많이 나빠졌네. 황 회장님이 한국 골프 협회 부회장님이신 거 몰라?”

“맞다! 오빠 골퍼였지, 울 아빠 골프장 사장님이고…….”

황연주가 그제야 상황을 눈치챘다.

김완은 연말연시나 명절이 되면 어떻게든 시간을 내서 지인들을 찾아가 인사를 했다.

김완이 철저하게 지키는 좌우명이었다.

“…조금씩 잊혀져 간다. 늘 곁에 머물러 있을 당신인 줄 알았지만…….”

김완이 술기운이 오르는 듯 보조석 의자에 벌렁 기댄 채 이별을 흥얼거렸다.

“오늘 보니까 오빠 주량 완전 쩔더라!”

황연주가 핸들을 잡은 채 룸미러로 김완을 쳐다보며 말했다.

“자식! 주량 큰 게 무슨 자랑이냐?”

"놀랬어. 말술 드시는 아버님이 오빠랑 대작하고 대취하셔서 가셨잖아?"

"연세가 많으시니까 술이 약해 지신 거야. 팔순이 넘으셨는데 뭐."

"왜 우리랑은 술 안 마셔? 학교 다닐 때도 오빠 술 마시는 거 한 번도 못 봤어."

"사법고시 준비하는 놈이 무슨 술을 마셔? 과외 알바 뛰어야지, 골프해야지, 음악해야지, 여자애들 만나야지, 정신이 없었어. 술 마시면 끝이야. 술 냄새 풍기며 애들을 가르칠 거야? 골프를 할 거야?"

술기운이 점점 오르는 듯 김완이 평소와는 달리 목소리를 한껏 높였다.

"요즘은 시합에 방해가 되니까 마시지 않는 거고. 알코올은 집중력을 떨어뜨리거든. 알다시피 골프는 멘탈 스포츠라고!"

"오늘은 아버님이 술을 좋아하시니까……."

"그렇지! 우리 아버지 보기보다 속이 엄청 좁아. 대작해주지 않으면 삐져!"

"킥킥킥!"

우리 아버지, 우리 아버지.

황연주는 김완의 말투에서 정영구 회장이 김완을 좋아하

는 이유를 확실히 알았다.

진짜 친아버지 막내아들처럼 사근사근하게 행동했기 때문이다.

"재미있다, 여자들 때문에 술 먹을 시간이 없었다는 게!"

"옛날에 리나랑 술을 먹은 적이 있었어. 아마 사시 합격했다고 리나가 축하주를 사줬을 거야. 둘이 떡이 될 만큼 마시고 모텔에 들어가 그 다음 날 오후까지 열심히 일을 했었지!"

"헤헤헤! 어휴, 답네, 다워."

황연주는 방송사 동료들과 어울려 술을 많이 마셨다.

지금 김완이 취해서 횡설수설한다는 것을 알았다.

"그리고 저녁 때 또 희라를 만나서 축하주를 먹고 모텔에 가서 다시 일을 했거든.

근데 일을 하면서 내가 희라한테 리나라고 불렀나 봐. 리나 가슴이 많이 커졌는데… 어쩌구하면서 씨부린 거야."

"완전 19금 개그다— 그래서?"

"그래서는 뭐 그래서야, 임마. 몇 달 동안 개박살 났지! 진짜 날이면 날마다 볶아대는데 미치겠더라고."

문득, 김완이 고개를 흔들었다.

"지, 지금 내가 누구하고 무슨 얘기를 하는 거냐?"

"우헤헤헤헤! 괜찮아 난 이제 줌만데 뭐! 19금 이야기 정도는 충분히 소화돼."

"어휴, 이게 무슨 쪽이야? 안 되겠다. 나 잠깐 잘 테니까 니네 동네 마트 앞에서 차 좀 잠깐 세워."

"마트?"

"회장님 댁을 방문하는데 빈손으로 갈 수 없잖아? 어머님 좋아하시는 곶감이라도 한 상자 사자……."

툭!

말을 하던 김완이 그대로 고개를 떨궜다.

황연주는 술이 인간에게 필요악이란 것을 새삼스럽게 깨달았다.

선비인 김완을 19금 농담을 던져대는 파락호로 바꿔놨기 때문이다.

더불어 김완이 골프에서도 성공하고 사업에서도 성공한 이유도 깨달았다.

황연주는 자신의 엄마가 곶감을 좋아한다는 것을 오늘 처음 알았다.

김완은 오래전부터 알고 있었고!

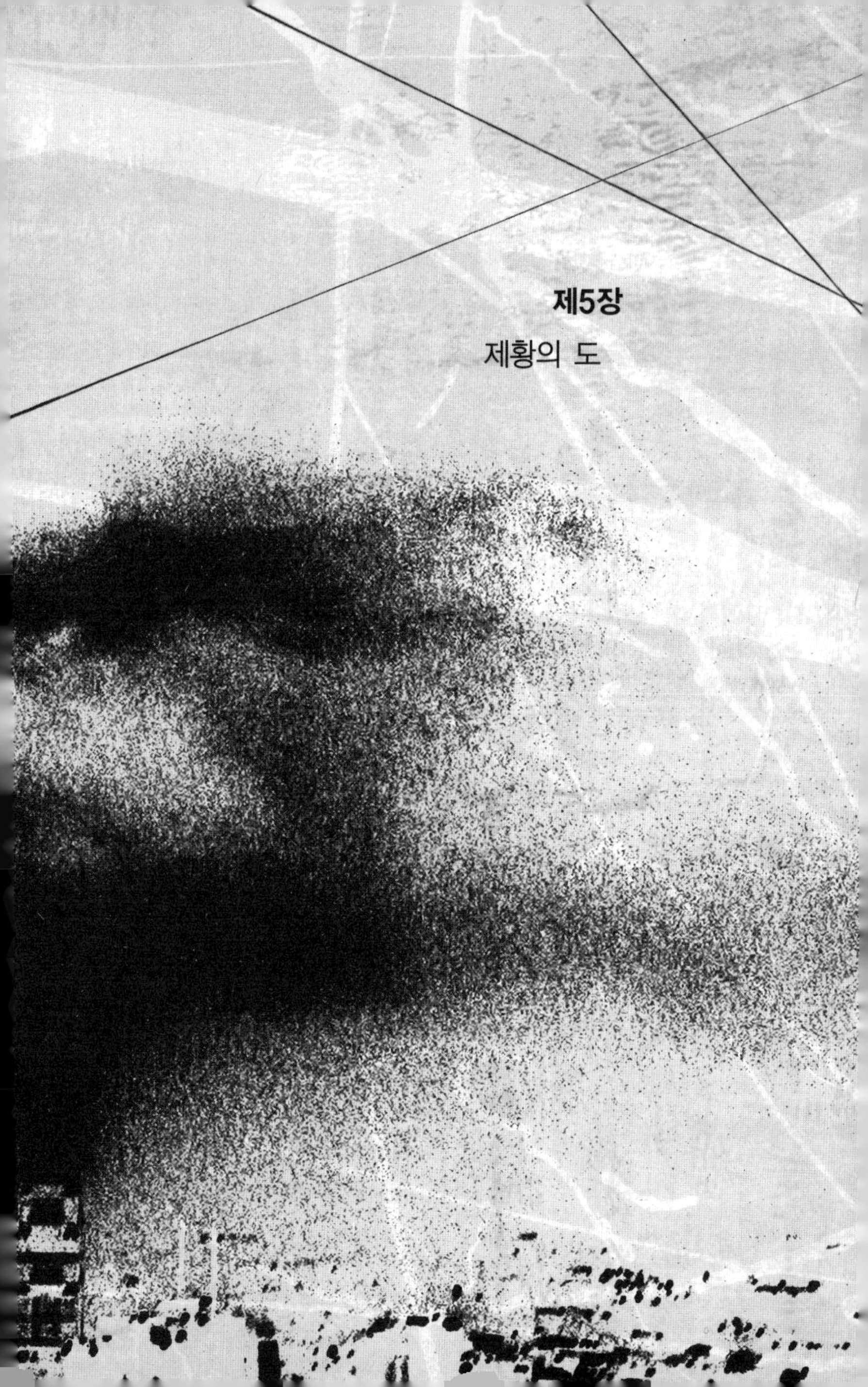

제5장

제황의 도

세계 유일의
남자

—우리나라에서 이 바닥만큼 심한 갑을 관계는 없을 겁니다.

연예인이나 외주 제작자들이 슈퍼 갑인 방송사로부터 보호 받을 수 있는 법은 전무합니다.

배우 가수 개그맨등 연예인들과 프로그램 외주제작자등 방송사와 직간접적으로 관계를 맺고 먹고사는 사람들의 하나같은 의견이다.

영원한 갑을 관계.

지배자와 피지배자 고용주와 피고용주와 같은 사이였다.

하지만 글로벌 스타인 신채린이나 클래식 음악계의 거장인 한희라쯤 되면 얘기가 전혀 달라진다.

신채린이나 한희라가 갑이 되고 방송사가 을이 된다.

바로 지금처럼 말이다.

"축하해, 한 교수!"

"아, 정말……. 한 교수, 이번에 국회의원에 당선됐지?"

"뒷북이지만 진심으로 축하해!"

반백의 중년 사내 DBS 경영본부장인 김홍기 상무이사가 찻잔을 내려놓으며 입을 열자, 배석하고 있던 강영길 예능본부장과 이번에 국장으로 승진한 공경택 국장이 이구동성으로 축하 인사를 건넸다.

"고맙습니다. 선배님들 덕분에 한국 정치계에 첫 발을 내딛었습니다."

김 상무 건너편에 앉아 있던 한희라가 찻잔을 든 채 공손하게 고개를 숙여 답례를 했다.

그랬다.

지난주 수요일에 끝난 대한민국 국회의원 선거에서 한희라와 정중환은 온누리당 비례대표 의원으로 당선돼 금배지를 달았다.

예술계와 스포츠계를 대표해서 공천을 받아 비례대표 후

보 7번과 8번에 배정된 두 사람은 여유 있게 당선권에 들었다.

한희라와 정중환은 현재 국회의원 당선자 신분이었다.

“다시 한 번 축하해, 한희라 의원님!”

“국정감사 때 우리 DBS좀 잘봐 주십시오, 의원님!”

“어후! 그만들 하세요, 닭살 돋아요.”

김 상무와 강 본부장이 너스레를 떨자 한희라가 미소를 띤 채 손을 저었다.

“그건 그렇고, 한 교수 자네 한 달에 일주일이나 쉬더만!”

“네에?!”

한희라가 김 상무의 말을 알아듣지 못하고 눈을 껌벅였다.

“젊은 사람이 뭘 그렇게 많이 쉬나? 이 늙은 선배도 삼사일 쉴까 말까 하는데 말씀이지.”

“안 될 말이죠!”

“젊은 사람들 특히 한 교수 같은 인재가 열심히 일해야 세상이 발전합니다.”

김 상무가 의미심장한 멘트를 날리자 강 본부장과 공 국장이 추임새를 넣었다.

“그렇지? 강 본부장이나 공 국장도 내 의견에 공감하는

구먼!"

내년 1월 1일부로 예능본부 제3국장으로 발령이 났지만 공 부장은 이미 공 국장으로 불렸다.

축하주 또한 눈에 실핏줄이 툭툭 터질 만큼 마셨고!

"물론입니다, 상무님! 한 교수 같은 사람이 꾀를 부리면 주위에서 자꾸 일하게 만들어 줘야 합니다. 우리 같은 선배들이요."

김 상무와 강 본부장 등이 사전에 입을 맞춘 듯 말을 주고받으며 한희라를 목표 지점으로 몰고 갔다.

김홍기 상무는 서울 문리대 77학번으로 서울패 8기 출신이었다.

DBS에서 근무하는 서울피아의 지존으로 한희라의 까마득한 선배였다.

쿡!

김 상무가 인터폰을 눌렀다.

"총무부장 좀 오라고 해. 올 때 한 교수 계약서 들고 오라고 하고!"

"네에, 상무님!"

이어 김 상무가 한희라를 쳐다보며 빙그레 미소를 지었다.

"어때? 한 교수! 한 달에 이틀만 쉬지. 닷새 더 일하고."

김 상무가 한희라에게 오늘의 용건을 뱉었다.

"우리 방송사에서 클래식과 대중음악의 만남을 주제로 하는 프로를 하나 기획하고 있어. 일단 DBS 음악회라고 부르자고."

"그 DBS 음악회 사회자를 희라 자네가 맡아줬으면 해. 괜찮지?"

"아! 네에……."

강 본부장과 공 국장이 용건을 명확하게 설명하자 그제야 한희라가 지금까지 계속된 김 상무의 선문답을 알아들었다.

오늘 DBS로 호출한 이유도 깨달았고!

경찰 추산 백만 명의 인파가 몰렸다는 서울패 33기 레전드 공연을 하면서 아주 매끄럽게 진행한 한희라의 탁월한 능력이 DBS 고위층의 마음을 사로잡았다.

거기에 영국왕실음악대학 교수에 세계적인 바이올리니스트라는 찬란한 스펙까지!

덕분에 DBS 최고위층의 지시에 의해 DBS 음악회라는 프로가 만들어졌고, 그 사회자로 한희라가 낙점됐다.

그 와중에 한희라가 집권 여당의 국회의원으로 당선됐으니 DBS로서는 후끈 달아오를 수밖에 없었다.

"이왕이면 황 차장 하고 양 PD도 부르지? 공 국장!"

"예 상무님!"

공 국장이 공손하게 대답하며 휴대폰을 꺼냈다.

"곧 황연주하고 양명옥이를 DBS 음악회 담당 PD로 발령을 낼 거야. 한 교수 일하기 편하라고 비슷한 연배들로 묶어봤어."

"매주 수요일 날 오후 7시부터 8시까지 한 달에 네 번 정도 방영될 거야. 리허설 포함해서 사흘 정도면 녹화를 끝낼 수 있어!"

"시청률 같은 건 신경 쓰지 마. 예능프로도 아니고 교양 쪽으로 갈 거니까! 뭐 앞으로 국회에도 출석해야 할 테니 한국에 자주 올 거 아냐? 아주 잘됐잖아?"

강 본부장과 공 국장이 신설되는 프로그램인 DBS 음악회에 대해 자세히 브리핑을 했다.

황연주와 양 PD가 조심스럽게 들어왔다.

"찾으셨어요, 상무님?"

상급자인 황연주가 공손하게 입을 열었다.

"어서들 와. 거기 한 교수 옆에 앉아."

"자네들이 앞으로 맡을 프로인 DBS 음악회 메인 MC로 한 교수가 결정됐어. 셋이 힘을 합쳐서 멋진 작품을 만들어 봐."

"네! 본부장님."

황연주와 양 PD는 이미 언질을 받은 듯 씩씩하게 대답했다.

"일단, 우리 회사에서는 한 교수 개런티를 회당 이천으로 결정했네. 왕복 항공료와 체재비를 오백으로 잡고 출연료를 이천오백으로 했는데… 어때, 괜찮아?"

"부족하면 이 자리에서 얘기해. 한 달이면 일억이니까 한 교수 명성에 흠이 갈 정도는 아닐 거야."

"네네! 선배님."

느닷없이 김 상무와 강 본부장이 개런티 얘기를 꺼내자 한희라가 얼떨결에 대답했다.

황연주와 양 PD가 마주 봤다.

회당 출연료가 2,500만 원이라면 MC로선 국내 최고액이었다.

세계적인 바이올리니스트라는 스펙을 참작해 결정한 대우였다.

"곧 총무부장이 올 거야. 나온 김에 계약서에 사인하고……."

"저, 저 선배님!"

한희라가 당황하며 김 상무의 말을 중간에서 끊었다.

"그래, 한 교수? 뭐든 얘기해."

"아시다시피 전 아는 게 음악밖에 없어요. 계약 이런 건 우리 아빠한테…….”

한희라가 자신도 모르게 아빠라는 말을 뱉었다.

“아빠? 굳이 아버님까지 오실 필요는 없어. 한 교수가 찬찬히 계약서를 읽고 사인하면 끝이야.”

김 상무가 한희라가 뱉은 아빠라는 말을 잘못 알아들었다.

한희라가 지금 말한 아빠는 김완을 지칭하는 말이었다.

“그게 아니라 선배님…….”

한희라가 점점 당황하며 어쩔 줄을 몰랐다.

머리 좋은 황연주가 재빨리 끼어들었다.

“희라 선배 말은 계약같이 법적인 문제는 아빠나 가족들하고 상의할 시간을 달라는 거예요, 상무님!”

“헛헛! 그 말이 뭐가 그렇게 어려워서 버벅대?”

“날마다 영어 쓰다 우리 말 써보세요. 엄청 헷갈려요, 상무님!”

영악한 양 PD도 아빠의 뜻을 눈치를 채고 한 팔 거들었다.

확실히 이곳에 자리한 사람들의 대화체는 여타 사람들과 많이 달랐다.

벌써 사용하는 말투에서 조직의 상하 관계가 아닌 서울패 출신의 선후배 관계라는 끈끈한 정이 묻어났다.

한희라가 얼굴을 붉힌 채 자리에서 일어났다.

"자, 잠깐 전화 좀 하고 오겠습니다."

"오, 그래! 시간 많으니까 아버님한테 잘 말씀드려."

김 상무가 흔쾌히 허락했고, 한희라가 휴대폰을 든 채 급히 밖으로 나갔다.

'희라 선배는 와니 오빠한테 아빠라고 부르는구나. 킹콩 오빠 말로는 희라 선배가 애교덩어리라고 하던데 진짜인가 보네? 아빠 아빠! 으으……. 손발이 다 오그라든다.'

황연주가 한희라의 뒷모습을 쳐다보며 눈을 흘겼다.

"상무님! 잠깐 전화 좀 받아보세요. 아빠, 아니 김완 씨예요."

잠시 후, 한희라가 다시 사무실로 들어와 김 상무에게 휴대폰을 건넸다.

"김완이? 골프 황제?"

"후우 네! 제 매니저먼트를 ㈜SK1에서 해주거든요."

"그래, ㈜SK1이 한 교수 소속사란 말이지?"

김 상무가 미소를 지으며 휴대폰을 넘겨받았다.

"천하의 김 전무님께서 오라는데 어딘들 못 가겠나? 헛헛헛헛!"

곧바로 김 상무의 목소리가 기분 좋은 하이톤으로 바뀌었다.

'저 정도 대화면 평소 상무님과 와니 오빠가 엄청 가깝다는 건데?'

'역시 와니는 골퍼보다 정치가나 사업가가 맞아!'

황연주와 양 PD의 눈이 가늘어졌다.

"헛헛헛! 그리고 말야. 자네 가까운 시일 내에 우리 클럽에 한번 와줘. 골프 황제와 호형호제한다고 뻥을 잔뜩 쳤는데 이 의심병 환자들이 영 믿지를 않아. 그럼 더욱 좋고! 즉시 출발함세."

김 상무가 휴대폰을 한희라에게 건네주며 자리에서 벌떡 일어났다.

"나가지! 모처럼 한 교수한테 밥 좀 얻어먹자고!"

"호호호 네에! 오늘 제가 오늘 한턱 쏠게요."

한희라 등이 분분히 자리에서 일어났다.

* * *

"핫핫핫!"

와이셔츠 차림의 김완이 아주 세련된 재킷을 걸친 노신사와 함께 소나무가 무성한 공터에 서서 대화를 나눴다.

한순간, 미끄러지듯 벤츠 승용차 한 대가 노신사 앞에 섰다.

"오늘 즐거웠어. 조만간에 또 보자고, 김 전무."

"예! 조심해 가십시오, 회장님."

노신사가 다리가 불편한 듯 삼십대 남자의 부축을 받으며 차에 올랐다.

덜컹!

뒤이어 김완과 삼십대 남자가 세 개의 사과 상자를 트렁크에 실었다.

이어 삼십대 사내가 재빨리 운전석에 올라탔다

"아빠—!"

벤츠 승용차가 출발하자마자 기다렸다는 듯 저편에서 한희라가 뛰어왔다.

경기도 용인 근교에 위치한 한희라의 별장이었다.

김완이 가끔 VIP들을 접대할 때 빌려 썼다.

폴싹!

한희라가 새끼 고양이처럼 김완에게 안겼다.

"축하해! 도쿄 필하모니와 공연 대박 쳤다며?"

"응응! 삼 일 동안 5회 공연했는데 완전 매진됐대. 암표까지 막 돌고……."

"아주 잘됐다. 일본 쪽 관계자들 만나서 다시 계약해야겠다."

"일단 나흘 후 교토 공연이 또 있으니까 지켜봐!"

한희라가 김완의 팔짱을 낀 채 별장의 후문으로 들어와 정원을 가로질렀다.

"알았어, 김 상무님하고 강 본부장님 모두 도착하셨어?"

"상무님은 시내로 들어오다가 신호 위반으로 딱지 떼고 있어. 연주하고 명옥이 언니는 기름 넣고 온대."

"참나, 상무님 가실 때 딱지비 별도로 드려야겠네."

"호호호, 내가 드릴게! 근데 아까 그 얘기 뭐야? 나 이천오백이 아니라 사천오백에 계약하는 거야?"

"그래! 방금 DBS 대장하고 얘기 끝냈어."

"그럼 지금 배웅한 분이 손 회장님이셨구나?"

"……!"

그때 정문 쪽에서 계단을 올라오던 황연주와 양 PD의 귀가 쫑긋 올라갔다.

나무들 사이로 김완과 한희라의 목소리가 들렸던 것이다.

"우리 아빠 진짜 재주 좋아. 어떻게 이천오백을 사천오백까지 끌어올렸대?"

"좋아하시는 거 드렸지 뭐!"

"좋아하시는 거?"

"사과를 좋아하시니까 세 상자 드렸어. 한 상자에 1억 원짜리 사과!"

"아, 아빠?!"

"……!"

황연주와 양 PD가 흠칫하며 걸음을 우뚝 멈췄다.

그동안 말로만 들었던 방송사와 연예기획사의 검은 거래의 실체를 잠깐이나마 엿들었던 것이다.

황연주는 양 PD보다 충격이 훨씬 컸다.

거래 당사자가 자신이 존경까지 하는 김완이었기 때문이다.

황연주는 착각하고 있었다.

지금 김완은 황연주가 짝사랑했던 남자가 아니라 사업가로 용인에 와 있었다.

* * *

국립경찰대학.

대한민국 경찰의 정예간부를 양성한다는 취지하에 설립된 이 대학은 1981년 처음으로 신입생을 받았다.

한때 어린 청년들에게 국가에서 너무 과도한 혜택을 주는 것이 아니냐는 논란 속에서 폐교까지 거론됐던 적이 있었다.

어느덧 세월이 흘러 개교 삼십 주년이 다 됐고…….

그동안 배출한 인재들이 경찰조직의 브레인이 돼 맹활약을 하면서 경찰대학의 필요성을 유감없이 증명했다.

덕분에, 지금은 전국의 고등학교에서 기라성 같은 인재들이 몰려들어 서울대학교보다 입학하기 어려운 명문대학으로 환골탈태했다.

끼익!

겨울 햇볕이 따사롭게 내리쬐는 한낮.

검은색 그렌저 승용차 한 대가 경찰대학의 정문 앞에서 멈췄다.

"충성!"

정문을 경비하던 경찰들이 받들어총을 하며 힘차게 구호를 외쳤다.

승용차 조수석에서 골프 웨어를 입고 이 대 팔 가르마를 탄 전형적인 공무원 헤어스타일의 중년 남자가 내렸다.

곧바로 뒷좌석 문이 열리며 골프 모자를 쓰고 화려한 오리털 파카를 걸친 김완의 여동생인 김선우가 얼굴을 드러냈다.

중년 남자가 승용차 트렁크에서 큼직한 골프백과 여행용 가방을 꺼냈다.

"이번 사이판 골프 투어 아주 재미있었다, 선우야!"

"저는 아주 피곤했답니다, 실장님!"

중년 남자가 미소를 지으며 인사를 하자 김선우가 짜증스럽게 쏘아 붙였다.

"으흐흐, 녀석! 이거 받아! 학장님과 교수님들께서 주시는 레슨비다."

중년 남자가 웃으면서 봉투 하나를 내밀었다.

"잘 쓰겠습니다. 그리고 실장님도 아시다시피 저도 이제 졸업반이거든요. 그만 청구회의 자문위원직에서 물러나겠습니다."

김선우가 봉투를 주머니에 쑤셔 넣으며 또박또박 말했다.

"안 돼 임마! 넌 영원히 청구회의 자문위원이야. 우린 너한테 골프에 관해 자문 받을 일이 너무 많아."

승용차 뒷좌석에 앉아 있던 반백의 신사가 차창을 내리며 말을 받았다.

"아호호호— 학장니임!"

김선우가 반백의 신사를 향해 눈을 흘겼다.

"정 귀찮으면 네 오빠한테 자문위원직을 인계해. 그건 허락한다!"

"정말 좋은 생각이십니다, 학장님! 이참에 우리도 골프 황제에게 레슨 한번 받아보죠?"

신사의 말이 떨어지기 무섭게 중년의 남자가 맞장구를

쳤다.

"충성—! 안녕히 가십시오, 학장님!"

반백의 신사와 중년 남자가 너스레를 떨자 김선우가 잽싸게 거수경례를 했다.

"껄껄껄! 고생했다, 김선우!"

반백의 신사가 호쾌하게 웃으며 차창 밖으로 손을 흔들며 경례를 받았다.

"선우야! 내일모레 봐."

"네에! 실장님."

중년 남자가 김선우의 어깨를 툭 치며 조수석에 올라탔다.

부웅!

다시 검은색 그렌저 승용차가 경찰대학 정문을 떠났다.

"자문위원은 개뿔? 누가 짭새들 아니랄까봐 정말?! 말도 안 되는 벼슬 하나 던져주고 아주 등골을 빼내, 빼!"

김선우가 멀어져 가는 그렌져 승용차를 째려보며 연신 투덜댔다.

반백의 신사는 대한민국 경찰의 최고위층으로 치안정감 계급장을 달고 있는 경찰 대학장이었다.

중년 남자는 경찰대학장의 비서실장이었고.

"고작 이거 준 거야?! 치사한 꼰대들! 레슨비라도 많이 주면 밉지나 않지. 돈은 쥐꼬리만큼 주면서 지독하게 부려 먹는다니까…….”

김선우가 계속해서 구시렁거리며 중년 남자가 건네준 봉투를 다시 꺼내 살펴보고 주머니에 구겨 넣었다.

이어 어깨에 골프백을 메고 여행용 가방을 밀며 경찰대학 정문 쪽으로 천천히 걸음을 옮겼다.

사 년 전, 김선우는 경찰대학 법학과 합격과 동시에 경찰대학 최고의 스타가 됐다.

경찰대학에 입학하고자 하는 학생들은 열외 한 명 없이 대학 자체에서 치르는 1차 학과시험에 합격하고 엄격한 체력 측정을 통과해야만 한다.

그 시험에서 합격한 학생들을 대상으로 학생부와 수능 성적을 합산해 최종 합격자를 결정한다.

여타 대학들처럼 체육이나 예술 특기자에게 주는 인센티브가 전혀 없었기에 학업 성적이 뛰어난 수재들만이 들어갈 수 있었다.

한데, 그 살벌한 경쟁을 뚫고 현역 검도 국가대표 선수에 중국무술의 고수요, LPGA 선수를 능가하는 골프 실력을 갖춘 학생이 당당히 입학했던 것이다.

그것도 수석으로!

눈이 번쩍 뜨일 만큼 예쁜 여학생이!

골프 황제를 오빠로 둔 녀석이!

김선우는 입학식을 치루기도 전에 경찰대학 교수들의 골프 모임인 청구회의 자문위원으로 초빙됐다.

그때부터 골프 투어에 동행을 했다.

지금처럼 끝없이 툴툴대며…….

"충성!"

경찰들의 동절기 근무복인 회색 점퍼를 걸친 십여 명의 경찰대학 남녀 학생이 일제히 거수경례를 했다.

"쉬어!"

김선우가 귀찮다는 듯 손을 흔들었다.

남학생 두 명이 재빨리 골프백과 여행용 가방을 받아 들었다.

경찰대학 최고의 슈퍼스타 김선우의 측근들이었다.

좋게 말하면 김선우 패밀리였고, 나쁘게 말하면 패거리였다.

"교수님들과 함께 한 사이판 골프는 재미있으셨나요? 청구회 자문위원님!"

경찰대학 여자동기생이자 기숙사 룸메이트인 박신영이 미소를 지으며 말을 붙였다.

"미친 새끼! 캐디에 코치에 가이드까지 노가다 뛰다왔는데 뭔 재미야?"

김선우가 퉁명스럽게 대꾸했다.

"치이! 난 교수님들 골프 선생님 노릇하면서 용돈까지 받는 니가 엄청 부러운데? 해외여행도 막 공짜로 하고……."

"공짜 해외여행?! 조치원 촌년 티 내냐? 울 오빠가 누군지 몰라서 그래, 너? 나 해외여행가고 싶다면 울 오빠 당장 전용 비행기 보내줄걸! 또 오빠 쫓아다니며 새끼 코치로 알바 뛰면 공주 대우받으면서 일당 백은 간단해, 임마!"

"……!"

김선우가 씩씩대자 박신영이 갑자기 할 말을 잃었다.

잠깐 김선우의 정체를 망각하고 있었기 때문이다.

예전에 박신영은 김선우가 골프 황제인 김완을 보조하는 새끼 코치로 알바를 뛸 때 그 현장에 있었다.

김선우가 일당으로 200만 원씩 챙길 때 이른바 '뽀찌'를 왕창 뜯어냈고!

정말 김완은 김선우가 해외여행을 가고 싶다고 하면 전용 비행기가 아니라 그 나라 호텔까지 사줄 사람이었다.

그만큼 동생을 끔찍하게 생각했다.

"우리학교 교수들이니까 동행해 준 거야! 다른 꼰대들 같으면 1억을 줘도 안 갔어."

김선우가 박신영을 쥐어박으며 잇새로 말했다.

오빠인 김완과 정반대인 성격을 그대로 보여주는 김선우의 말투였다.

"원래 작전대로면 난 지금 쯤 미국 플로리다 해변에서 유명한 팝 가수 저스틴 비버 하고 선탠을 하고 있어야 돼. 한여름의 크리스마스를 맞이해야 한다고, 짜샤!"

"킥킥킥! 깔깔깔!"

김선우의 능청에 박신영을 비롯한 남녀 학생들이 폭소를 터뜨렸다.

"근데, 사박오일 아니었냐? 왜 이렇게 일찍 왔어?"

남자 동기생인 천병규가 웃으면서 화제를 돌렸다.

"하늘이 도왔다. 학장님께 급한 스케줄이 생겼단다. 아니면 오늘 낼 꼼짝없이 땡볕에서 노가다 뛸 판인데 에효……."

"아무튼 해외여행을 다녀오셨으니 선물은 사오셨죠, 김회장님?"

김선우의 경찰대학 한 해 후배인 진성국이 변죽 좋게 물었다.

김선우는 경찰대학 27기 총동기회장이었다.

해서 대다수 후배들은 김 회장님이라고 불렀다.

"내가 관광 갔다 왔냐? 노가다 뛰다가 왔다고 방금 말 했잖아 새꺄!"

"그럼 빈손으로 오신거… 읍!"

김선우가 중년 남자에게 받은 봉투를 진성국의 입에 물려줬다.

"이, 이거 100만 원짜리 수표 같은데요?"

진성국이 봉투를 살펴보며 눈이 커졌다.

"아껴 써, 임마! 내가 열사의 땅 사이판까지 가서 피땀 흘려 벌어온 거야."

"크크크! 역시 통 큰 울 회장님시다!"

"헤헤헤! 원로에 피곤하시죠, 회장님!"

"일단 학생회관으로 가셔서 오찬을 하시면서 말씀하실까요, 회장님?"

진성국과 남학생들이 환하게 웃으며 양쪽에서 김선우의 팔짱을 끼며 아부를 떨었다.

"이 돼지 새끼들은 그저 먹을 걸 줘야 꿀꿀 댄다니까?"

"큭큭큭! 깔깔깔!"

진성국과 박신영 등 십여 명의 경찰대학 남녀학생가 킬킬대며 김선우와 함께 학생회관으로 들어갔다.

2009년이 저물어가는 지금!

경찰대학의 최고 실력자는 경찰대학장이 아니었다.

LPGA 선수들을 능가하는 골프 실력과 골프 황제 김완의 친동생이란 이유만으로도 입학할 때부터 주목을 받아왔던 법학과 3학년에 재학 중인 김선우였다.

일찍이 1학년 때 국가대표선수로 세계 검도 선수권대회에 출전해 우승을 했고…….

2학년에 올라가면서 사시와 행시 양대 고시를 패스해 문무를 겸비한 인재라는 것을 세상에 널리 알렸다.

2학년 가을에 김선우에게 침을 흘리던 4학년 남학생 다섯 명이 식물인간이 될 만큼 깨진 일화는 경찰대학의 전설이 됐다.

"암암리에 실시한 여론조사 결과, 김선우가 총학생회장에 출마하면 여학생들은 한 명도 빠짐없이 표를 던질 것으로 나왔다."

"흐흐흐! 짜식들, 귀엽네."

"남자애들도 대부분 너를 지지할 것 같고!"

김선우가 경찰대학 교내식당에서 박신영과 천병규, 전성국등 십여 명의 학생과 둘러앉아 식사를 하며 대화를 나눴다.

"뭐 잘못된 거 아냐? 상두 놈 나온다며. 놈이 출마하면 그것도 남자라고……."

"상두가 생각보다 애들에게 인기가 없더라. 너하고는 잽이 안 돼!"

김선우가 의아해 하자 남자 동기인 천병규가 찬찬히 설

명을 했다.

"상두 선배가 체면상 뻥포 한번 쏜 겁니다. 상두 선배하고 가까운 애들한테 확인했는데 회장님이 총학생회장에 출마하시면 절대 나오지 않을 거랍니다."

진성국이 간단히 보충 설명을 덧보탰다.

확실히 김선우는 경찰대학 최고의 실력자였다.

제복을 입는 학교답게, 식당을 드나드는 학생들이나 교직원들 음식을 만드는 아줌마들까지 모조리 유니폼을 걸치고 있었건만 김선우만은 예외였다.

골프 모자를 삐딱하게 눌러쓰고 오리털 파카를 걸친 채 골프화를 신은 두 발을 식탁 위에 올려놓은 꽤나 불량한 자세로 커피를 마시고 있었건만, 누구 하나 뭐라고 하는 사람이 없었다.

교직원들은 신경조차 쓰지 않았고 학생들은 경례 붙이기에 바빴다.

이런 막강한 실력자인 김선우가 지난달에 다음 대 경찰대학 총학생회장에 출마할 뜻을 밝혔고 그것이 지금 대화의 주제였다.

돈과 머리와 주먹은 세상 어디서든 통한다.

경찰대학이라고 예외는 아니었다.

"미달이 새끼! 출마도 못할 놈이 왜 집안까지 들먹였대?"

김선우가 코웃음을 쳤다.

"훗훗! 천하의 경대라 해도 재벌 가문을 팔면 꽤 먹히거든요."

"그래? 그럼 상두 놈 만나면 전해라. 뒤에서 빡치지 말고 정식으로 출마해서 나랑 원터치 까자고!"

"알겠습니다, 회장님!"

김선우가 열이 받는지 목청을 높였다.

"또라이 같은 놈! 집안이라면 우리 집안이 대한민국 짱이다. 고조할아버지 대부터 사대가 나라를 위해 목숨을 바친 순국선열 가문이야. 뭘 알고 깝치라 해!"

"……."

"돈? 돈질 함 해볼까? 누가 많은지 대봐? 오성그룹 따위가 재벌이라면 오성그룹 서너 개쯤 살 수 있는 울 오빠는 뭐냐? 병신 새끼!"

김선우가 살기까지 풀풀 날리며 침을 튀겼지만 아무도 토를 달지 못했다.

사실이었기 때문이다.

골프 황제 김완이 어떤 집안의 자손이며 보유한 재산이 얼마나 되는지 궁금하다면 인터넷에 들어가면 간단히 알 수 있다.

게다가 김선우 패밀리들은 김선우가 대학생 신분임에도

불구하고 서울과 대전에 빌딩을 가지고 있는 초막강 재벌이라는 것을 익히 알고 있었다.

김선우는 오빠인 김완과 달라도 너무 달랐다.

지금처럼 자신의 집안이나 잘나가는 오빠를 대놓고 자랑했다.

내숭이나 겸양 겸손 같은 말은 약에 쓰려 해도 없었다.

김선우는 당장 죽어도 대장을 해야 직성이 풀리는 전형적인 조폭 두목과 같았다.

"충성!"

그때 경찰대 체육복을 입은 남학생 두 명이 조심스럽게 김선우 쪽으로 다가와 거수경례를 했다.

"뭐야, 임마?"

김선우가 신경질적으로 경례를 받았다.

"총장께서 즉시 경도관으로 오시랍니다. 회장님!"

"총장 선배가 나보고 체육관으로 오래……?"

김선우의 목소리가 가늘어지며 말꼬리가 길어졌다.

오라 가라 등의 명령형 말투를 김선우는 소름 끼칠 만큼 싫어했다.

총장은 총학생회장의 줄임말이었고 경도관은 경찰대학 체육관 이름이었다.

현재 경찰대학의 총학생회장은 김선우의 한 해 선배인

행정학과 4학년 남학생 이도훈이 맡고 있었다.

경찰대학은 매해 삼월에 졸업식이 거행되기에 4학년 학생들이 여전히 학교에 남아 있었다.

"옛! 곧 경도관에서 교직원들과 학생회 임원들 간의 배구 시합이 벌어진답니다."

"배애구 시합?"

배구 시합이라는 말이 나오자 김선우의 눈이 커졌다.

배구는 김선우가 검도 골프 다음으로 잘하는 운동이었다.

초중고 시절 체육 시간에 배운 게 다였지만 우수한 유전인자 덕분에 배구 실력이 웬만한 프로 선수 못지않았다.

서전트 점프를 무려 1미터 가까이 뛰었고, 스파이크 서브와 백어택을 서슴없이 구사할 정도였다.

"지난번 4학년 선배들 졸업 여행 갔을 때 얘기가 된 것 같습니다."

"구정회 교수님과 총장 선배 등이 모인 회식 자리에서 말이 나왔다고 하던데요."

진성국 등이 김선우의 참모들답게 배구시합에 관해 조목조목 설명을 했다.

"쳇! 사이판 노가다 출장 준비에 정신없을 때였구만."

"흣흣흣! 구 교수님께서 회장님이 사이판 가신다는 걸 아시고 자신 있게 들이대신 모양입니다. 또 배구선수 출신이시니……."

"야야 진성국이! 누가 구 교수더러 배구선수 출신이래? 서브 하나 제대로 넣지 못하는 아저씨한테?"

"어쨌든 배구의 명문 서울 대신고에서 선수 생활 하신 건 분명합니다."

"비록 주전 선수가 아니라 주전자 선수였지만 말입니다."

"아하하하!"

진성국이 후보 선수를 주전자 선수로 빗대어 말하자 김선우를 비롯한 학생들이 박장대소를 터뜨렸다.

"야! 총장 선배한테 나 사이판가서 죽었다그래. 지들끼리 결정했으면 지들끼리 놀지, 누굴 오라 가라야? 재수없게!"

김선우가 가차 없이 쏘아 붙였다.

"저어… 송년회 때 돼지 한 마리 내기랍니다."

"내기?! 돼지 한 마리 내기란 말야?"

돌연, 김선우의 말투가 부드러워지면서 몸을 벌떡 일으켰다.

"야, 신영아! 숙소에 가서 내 운동화랑 빤스 가지고 와."

"게임 뛸 거야?"

박신영이 기대에 찬 눈빛으로 물었다.

"지금 말 못 들었어? 돼지가 걸렸다잖아, 임마?"

김선우가 방금 전까지와는 전혀 다르게 싹싹하게 대답했다.

내기는 김선우가 아주 즐기는 것 중 하나였다.

특이하게도 이십대 초반의 여대생임에도 불구하고 내기 시비 경쟁 싸움 시합 대결 이런 것들을 유난히 좋아했다.

어느새 김선우의 얼굴에서 사이판에서 노가다를 하면서 쌓였던 스트레스가 날아가고 있었다.

"와우! 오랜만에 울 회장님의 눈부신 스파이크 솜씨를 구경하겠네."

"구정회 교수님 간만에 잔머리 썼다가 망했다."

"낄낄낄! 큭큭큭!"

김선우와 진성국 등이 웃으면서 우루루 교내식당을 나섰다.

"9인제야? 6인제야?"

"6인제 시합입니다."

"아싸— 뒈졌다. 내가 서브 하나로 끝내 주지!"

김선우가 주먹을 흔들며 탄성을 토했다.

공식적인 모든 배구 경기는 한 팀에 여섯 명이 뛰는 6인제였다.

하지만 우리나라에서는 아직도 회사나 학교 등에서 친선 경기를 할 때 한 팀에 아홉 명이 뛰는 9인제로 시합을 많이 했다.

그만큼 많은 인원이 참가할 수 있고 아기자기한 재미가 있었기 때문이다.

사실, 아마추어 6인제 배구 시합에서 스파이크 서브를 하고 백어택을 자유자재로 구사할 만큼 프로 선수가 끼면 승패가 결정됐다고 봐도 과언이 아니었다.

타점 높은 스파이크를 막을 재간이 없고 철벽 블로킹을 뚫을 수가 없기 때문이다.

김선우는 그동안 봄가을마다 열리는 경찰대학 체육대회에서 프로 선수 수준의 배구 실력을 여러 차례 보여줬다.

그런데도 교직원들과 학생회 임원들 간에 타이틀이 걸린 배구시합이 벌어지는 것은 고교 시절 배구선수였다는 구정회 교수가 잔머리를 굴린 결과였다.

진성국의 말대로 구 교수는 김선우의 사이판 골프 투어 스케줄을 확실하게 꿰고 있었다.

김선우가 이틀이나 빨리 귀국해 일이 꼬였고!

타타탁!

김선우가 경찰대학의 보스답게 십여 명의 패밀리를 이끌고 경도관, 체육관을 향해 뛰듯이 걸어갔다.

우리나라 대다수 대학교의 학사 일정이 그렇듯 내일모레가 크리스마스인 지금 경찰 대학도 동절기 방학에 들어갔다.

하지만, 수재들의 요람인 경찰대학은 말로만 방학이었다.

강의실에서 하는 정규 수업만 없을 뿐, 평상시와 똑같았다.

대부분의 학생들이 잠깐 집에 다녀오거나 아예 귀가를 하지 않고 기숙사에 머물렀다.

밀린 학과 공부와 국가고시 준비에 여념이 없었다.

학교에서도 그런 학생들을 위해 도서관 등을 24시간 개방 했고!

당연히 체육관에도 많은 학생들이 운동을 하고 있었다.

"선우야! 김선우!"

김선우가 막 체육관으로 들어설 때 박신영이 급히 뛰어오며 김선우를 불렀다.

"왜 배구화 없어? 내 사물함에 있잖아?"

"그게 아니라 승아가 급한 일이라고 전화해 달래!"

"승아가? 이 멍청이가 내 폰으로 때리면 될 걸, 귀찮게……."

"히히, 멍청이는 너지! 네 폰이 어디 있는지 너조차 모르잖아?"

"익! 그러네?"

김선우가 황급히 주머니를 뒤졌다.

김선우는 두 달에 한 개씩 휴대폰을 구매했다.

두 달에 한 개씩 휴대폰을 잃어버렸기 때문이었다.

"으이구 웬수! 자, 승아랑 통화해 봐."

박신영이 김선우에게 휴대폰을 건네줬다.

승아, 류승아는 김선우의 절친으로 육군사관학교 생도였다.

"감독님도 참— 제가 못 간다고 말씀드렸잖아요? 우리학교 교수님들과 사이판……."

갑자기 휴대폰을 든 채 통화를 하던 김선우의 보조개가 깊이 파였다.

호기심이 최고조로 동했을 때 나오는 리액션이었다.

"중국제일고수요?! 여자라구요? 일본애들이 개박살 났어요?"

김선우의 음성이 점점 열을 띠었다.

"네, 알겠습니다! 정확히 세 시간 뒤에 도착하겠습니다."

턱!

김선우가 휴대폰을 박신영에게 던졌다.

자동차 키도 같이 날아갔다.

"천사, 정문 앞으로 데려와!"

하얀 천사. BMW 750!

2억 원을 호가한다는 김선우의 자동차 이름이었다.

"왜? 무슨 일이야?"

박신영이 눈을 반짝였다.

"오늘 화랑대 검도장에서 한중일 국가대표 선수들 교환 경기가 있어."

"육군사관학교 검도장에서 말야?"

"응! 그 도장에 무시무시한 짱깨 지지배가 출연했대. 나보다 한 수 위의 고수 같다는 말씀이셔. 감독님께서……."

"너, 너보다 뛰어난 검도의 고수라구?!"

"푸하아아—! 간만에 가슴이 뛴다. 마 감독님은 농담이나 거짓말을 하면 정말 지옥 가는 줄 아는 분이거든!"

김선우가 몹시 흥분이 되는 듯 얼굴이 벌겋게 달아오른 채 몸을 부르르 떨었다.

"좋아! 일단 여기서 돼지를 잡고 잽싸게 화랑대로 날아가서 짱깨 지지배를 잡자!"

퍽!

김선우가 주먹으로 자신의 손바닥을 가볍게 때리며 힘차게 외쳤다.

이어 바람처럼 체육관으로 사라졌다.

"화아아, 궁금하네? 대체 어떤 여자이기에 세계 검도 선수권대회를 무려 삼연패한 검도 여왕 김선우를 능가한다는 거지?"

박신영이 자동차 키를 든 채 구르듯 계단을 내려갔다.

짝짝짝! 삑삑삑!

김선우가 체육관에 입장하자마자 백여 명의 학생이 일제히 박수와 함께 휘파람을 불었다.

"김선우! 김선우!"

이어 김선우를 연호를 했다.

역시 김선우는 경찰대학의 슈퍼스타였다.

"야야, 김선우—! 너 사이판에 안 갔어?"

"왜 여기 있냐구?!"

그 순간, 배구 코트에서 몸을 풀던 고교 시절 주전자 멤버였다는 구정회 교수를 비롯한 교직원들이 벌레 씹은 표정으로 소리쳤다.

"그건 학장님께 여쭤보시죠, 교수님!"

짝!

김선우가 비릿한 미소를 머금은 채 눈썹이 짙고 건장한 체격의 남학생과 힘차게 하이파이브를 했다.

"하하하—! 역시 주인공은 극적인 순간에 짠하고 나타나는구나!"

경찰대학 총학생회장 이도훈이었다.

"정말 보고 싶었다, 선우야! 지금까지 울 아빠 엄마도 이렇게 보고 싶지 않았어."

"물어내 자식아! 내 쪼그라든 알 어쩔 거야?"

"멍청하게 구 교수님 뻥끼에 속아서……. 우린 너 사이판 간 거 그저께 알았어!"

경찰대 4학년으로 총학생회 문화부장을 맡고 있는 남찬숙과 박승대 교육부장 등이 김선우와 반갑게 악수를 나눴다.

"이제 안심해 선배들! 근데 누구누구 뛰는 거야?"

"여사 둘에 남자 넷! 21점 5세트! 여자는 너하고 찬숙이, 남자는 나와 승대 무송이 하고 경수야. 정학이 놈까지 있었으면 무적인데, 자식이 일본 갔어."

총학생회장인 이도훈이 배구 코트에 들어와 있는 학생들을 돌아보며 대답했다.

"그 정도면 충분해. 찬숙이 언니가 지난번처럼 세터를 봐. 총장 선배가 레프트, 내가 라이트, 승대 선배가 리베로를 맡고!"

"오케이! 알았어!"

김선우가 지시하자 이도훈 등이 씩씩하게 대답했다.

"남 선배는 무조건 오른쪽으로 높이 토스를 해. 타이밍은 내가 알아서 맞출 테니까 대강 띄우라고."

"굳! 오케이!"

이도훈과 남찬숙 등이 배구공을 매만지며 힘차게 고개를 주억거렸다.

그렇게 경기가 시작됐다.

휘익—! 뻥!

김선우가 유연하게 스텝을 밟으며 높이 점프를 해 허리를 활처럼 젖히며 스파이크를 했다.

배구공이 천둥소리를 내며 체육관을 울렸다.

와아아아! 짝짝짝!

"끼약—! 죽여준다, 우리 회장님!"

"크아아아! 역시 날으는 핵폭탄이야!"

구경하던 학생들이 환호성을 울렸다.

배구를 해본 사람은 알지만 지금 김선우처럼 스텝을 밟으며 점프해 허리를 젖혀서 체중을 싣고 정확히 스파이크하기란 결코 쉬운 일이 아니다.

구 교수처럼 학창 시절에 배구팀 주전자 멤버라도 했어야 할 수 있는 동작이었다.

뻥! 빵!

김선우가 마치 무력시위라도 하듯 강력한 스파이크를 날리며 몸을 풀었다.

"하아아, 구 교수님! 김선우 저 녀석 분명히 사이판에 간다고 안 했습니까?"

"뭔가 일이 있어서 일찍 귀국한 모양입니다."

"쩝쩝! 우리가 피로 키운 돼지 한 마리가 깨끗하게 사라졌군요."

"어후—! 저 녀석 스파이크는 우리 같은 아마추어들은 못 잡는데? 놈이 후위로 돌았을 때가 찬스인데 저처럼 백어택까지 빵빵 때리니 원……."

구 교수 등이 전의를 상실한 채 건너편 코트에서 연습을 하는 김선우를 쳐다보며 고개를 홰홰 저었다.

그렇게 배구 시합은 시작부터 김선우를 중심으로 흘러가고 있었다.

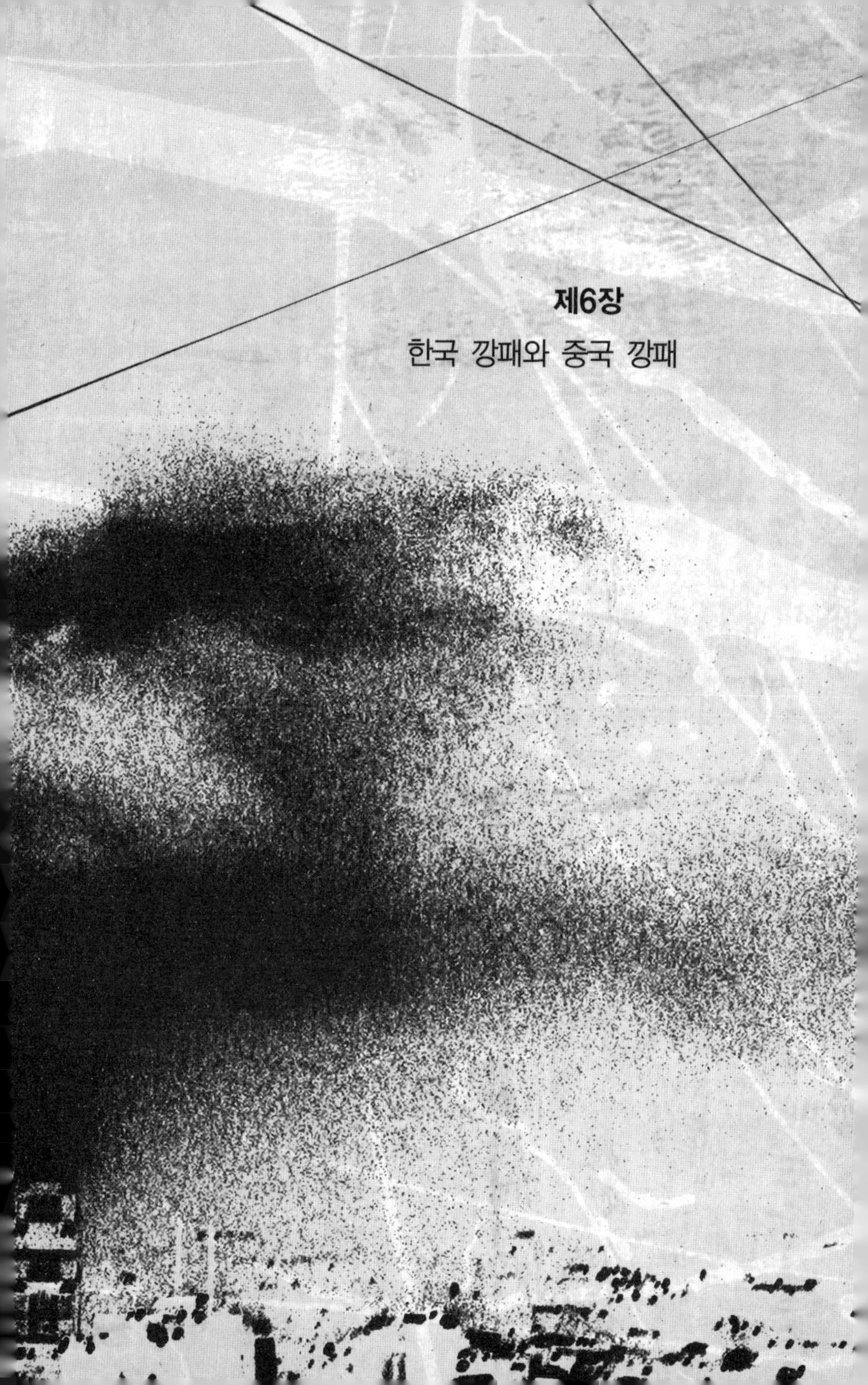

제6장

한국 깡패와 중국 깡패

세계 유일의
남자

와당당탕!

검도 시합을 할 때 얼굴을 보호하기 위해 쓰는 호면이 시멘트 바닥에 나뒹굴었다.

투툭툭… 씩씩씩!

김선우가 수건으로 얼굴을 가린 채 운동복을 갈아입는 라커룸에 주저앉아 땀을 비 오듯 흘리며 거센 숨을 몰아쉬고 있었다.

"너무 속상해 하지 마, 선우야!"

"그래! 한 점 차이든 두 점 차이든 네가 이겼잖아?"

김선우의 친구들인 박신영과 류승아 홍지호가 열심히 위로를 했다.

"아냐, 빌어먹을— 내가 졌어!"

김선우가 신경질적으로 수건을 젖히며 말을 뱉었다.

"죽도를 사용했으니까 간신히 승부가 됐지, 진검을 사용했다면 난 일 분도 못 버티고 난자가 돼서 뒈졌을 거야."

"뭐?! 에이, 그래도 설마……."

"그렇게 대단한 고수야?"

"기가 얼마나 강한지 딱 마주쳤을 때 죽도조차 들기 버겁더라고!"

김선우가 승부사답게 패배를 인정했다.

"하긴, 여자가 이도류를 사용하는 게 굉장했어."

"난 말로만 들었지, 이도류를 구경한 건 오늘 처음이야!"

경찰대학과 육사에서 검도를 배우는 박신영과 류승아가 고개를 끄덕였다.

우리가 한 번쯤 보고 들은 검도 경기에서는 대부분의 선수들이 한 자루 칼을 사용한다.

하지만, 아주 극소수의 선수들이 길고 짧은 두 자루의 칼을 사용하는 이들이 존재한다.

이를 두 자루 칼을 사용한다 하여 이도류(二刀流)라 부른다.

일본 전국시대 때 미야모도 무사시라는 전설적인 사무라이가 창안한 것으로 엄청난 힘을 필요로 하는 도법이었다.

이곳에 오기 직전, 김선우는 경찰대학 체육관에서 가공할 스파이크를 작렬시키며 교직원 두 명의 쌍코피를 터뜨려 버렸다.

곧바로 육군사관학교 검도장으로 날아와 중국대표 여검사와 시합을 펼쳤고!

한데, 여기에서 생각지도 못한 상황이 벌어졌다.

그 중국의 여검사는 두 자루 칼을 사용하는 이도류의 명인이었고, 김선우가 악전고투 끝에 간신히 이긴 것이다.

세계제일의 칼잡이라고 자부심에 차 있던 김선우는 이름조차 들어보지 못한 중국의 무명소졸에게 고전했다는 사실이 너무나 분했다.

그렇다 보니 분을 삭이지 못하고 마치고 난 지금 이렇게 씩씩대고 있었던 것이다.

똑똑!

라커룸의 문을 두드리는 소리가 들렸다.

"네에! 들어오세요."

김선우를 대신하여 류승아가 급히 다가가 문을 열었다.

짙은 밤색 눈동자에 검은색 모피로 만든 롱 코트를 걸치고 키가 훌쩍 큰 글래머의 서구 여성이 긴 머리를 매만지며 라커룸으로 들어왔다.

영화와 잡지에서 많이 봤던 할리우드의 그 여배우를 꼭 닮아 있었다.

아니, 그녀는 방금 김선우와 경기를 펼쳤던 그 중국 대표 여검사였다.

다름 아닌 중국 제일의 스나이퍼 무지민이었다.

"……."

김선우 등이 놀란 눈으로 멀뚱멀뚱 무지민을 쳐다봤다.

아까 시합장에서 곁눈질로 훑어본 여검사가 미인이라는 것은 알았지만 이렇게까지 예쁠 줄은 몰랐다.

이 라커룸까지 찾아온 것도 뜻밖이었고!

'이 여자… 어디서 많이 봤는데?'

김선우가 고개를 갸우뚱했다.

'세상에― 세계적인 톱 모델이라는 그 여자 아냐? 미란다 커!'

'미란다 커가 중국 여자였나? 아닌데 호주 사람인데??'

박신영등도 황연주와 만찬가지로 글래머에 지독한 미인인 무지민을 호주 출신의 세계적인 모델 미란다 커로 착각했다.

"후우! 이제는 내가 많이 딸리네. 언제 그렇게 고수가 됐어, 아가씨?"

"아, 아가씨?!"

무지민이 환하게 웃으며 김선우에게 다가와 아가씨라고 부르자 김선우 등이 화들짝 놀랐다.

무지민의 말투가 김선우와 무척이나 가까운 사이처럼 들렸기 때문이다.

"섭섭하다, 아가씨! 난 한 번도 아가씨를 잊은 적이 없는데 우리 아가씨는 나를 잊었네."

"윽!"

김선우가 마른 비명을 토했다.

"지민 언니……? 무지민 언니 맞지?!"

"호호호! 오랜만. 반가워, 아가씨!"

그제야 환한 미소를 지으며 무지민이 김선우를 끌어안고 입을 맞췄다.

쪽!

"너무 예뻐졌다, 아가씨!"

"깔깔깔! 언니가 더 예뻐졌어. 난 진짜 그 유명한 미란다 커가 온 줄 알았다니까!"

"고마워, 아가씨."

무지민과 김선우가 다시 반갑게 포옹을 했다.

방금 전까지 축 가라앉아 분기를 이기지 못하던 김선우는 온데간데없는 모습이었다.

무지민은 김완을 만나러 한국에 올 때마다 꼭 공주 집에 들렀다.

곤륜의 어른인 석초란 여사에게 인사를 드리기 위해서였다.

그때 김선우도 무지민을 만났고, 검도장에서 몇 번 칼부림(?)을 한 적도 있었다.

꽤 오래전의 일이었지만!

"날 숨도 못 쉬게 한 짱깨 칼잡이가 지민 언니였구만! 어쩐지 풍기는 포스가 만만찮다 했어. 오빤? 오빠는 만났어?"

"그럼. 오빠 일 도와주러 한국에 온 거야, 나!"

"그랬구나? 일단 나가자, 언니. 가서 밥이라도 먹자구!"

"아후, 미안해서 어쩌지, 아가씨? 빨리 오빠한테 가봐야 돼. 내일 내가 전화할게!"

무지민이 민망한 얼굴로 김선우의 등을 토닥였다.

"대신, 우리 아가씨 용돈!"

"용돈?"

무지민이 미리 준비한 듯 '福'이라는 황금빛 글씨가 새겨진 붉은색 봉투를 김선우에게 쥐어 주었다.

"정말 미안해 아가씨! 며칠 후 만나. 안녕!"

무지민이 아쉬운 표정으로 손을 흔들며 라커룸을 빠져나갔다.

"후와아아아— 진심 쩐다 쩔어!"

"완전 미국 영화에 나오는 할리우드 여배우야!"

"저 여자 잘 알아, 선우야?"

박신영 류승아 등이 김선우에게 질문 공세를 퍼부었다.

"우리 중국산 새언니, 에헷헷헷!"

김선우가 언제 짜증을 냈냐는 듯 특유의 개구쟁이 웃음소리를 길게 토했다.

"와, 와니 오빠 앤이었어?!"

"그래서 너한테 아가씨라고 불렀구나!"

"근데 중국 사람이라면서 얼굴은 전혀 아니네?"

김선우가 무지민의 정체를 밝히자 홍정호 등이 고개를 끄덕였다.

"바보야! 중국은 다민족 국가잖아? 저 언니는 중국 신강성 쪽에 많이 살고 있는 위구르족 출신이라고."

"아, 위구르족!"

"그래, 기억난다. 신강성에서 민족 분쟁이 일어났을 때 TV에서 봤어."

"맞아! 아랍인하고 비슷하더라고."

김선위의 짧은 힌트에 박신영 등이 수재들답게 무지민의 정체성을 쉽게 파악했다.

"아무튼 저 언니 검도의 고수라서 그런지 포스가 장난이 아니다. 딱 라커룸에 들어서는데 어후…….”

“중국 공강군 대교라잖아?”

“중국 공강군 대교?!”

“응! 너하고 신영이는 늦게 와서 못 들었을 거야. 아까 사회자가 내빈들 소개할 때 그렇게 말했어.”

“우리나라로 치면 특전사 여단장쯤 돼. 별 하나!”

“화아아—! 무지민 언니 짱이다 엄청난 고위층이었네! 군인이라는 건 알고 있었지만 그렇게 높은 사람인 줄은 몰랐는데?”

김선우가 무지민의 정확한 신분을 알고 입을 딱 벌렸다.

“그럼 나이도 많을 거 아냐?”

“저, 정말? 아무리 빨리 진급했다 해도 어떻게 이십대에 별을 달아? 적어도 삼사십대는 되어야지!”

“중국 군대는 쪽수가 많아서 진급하기가 엄청 어렵다고 하던데?”

박신영과 홍지호 등이 무지민의 계급과 나이를 따지며 김완의 애인이 될 수 없다는 증거를 강력하게 제시했다.

이미 아는 사실이지만 김선우의 친구들은 김완의 골수 ‘빠순이’ 들이다.

질투에서 쏟아내는 아우성이었다.

“미안하다! 짐승 같은 오빠를 둬서. 우헤헤헤헤—”

김선우가 의미심장한 웃음을 길게 날렸다.

"니들도 잘 알잖아? 울 오빠는 나이나 민족 인종을 가리지 않아! 글로벌 시대에 발 맞춰 세계 각국에 각양각색의 애인이 쫙 깔려 있단다."

"아호— 와니 오빤 정말……."

"진짜 짐승이야, 짐승!"

류승아 등이 투덜댔다.

"갑자기 확 궁금해진다. 울 조카는 어떤 놈일까? 분명히 금발머리에 파란 눈도 있을 거고 고수머리에 숯처럼 새까만 놈도 있겠지?"

누가 뭐래도 세상에서 김완의 가장 강력한 빠순이는 동생인 김선우였다.

지금처럼 김완의 문란한 여성 편력까지도 자랑스럽게 생각할 정도였으니까!

"또 이렇게 다람쥐처럼 생긴 녀석일지도 모르고!"

"야아아아… 김선우!"

김선우가 미소를 띠며 류승아의 얼굴을 감쌌다.

류승아의 얼굴이 홍시처럼 붉어졌다.

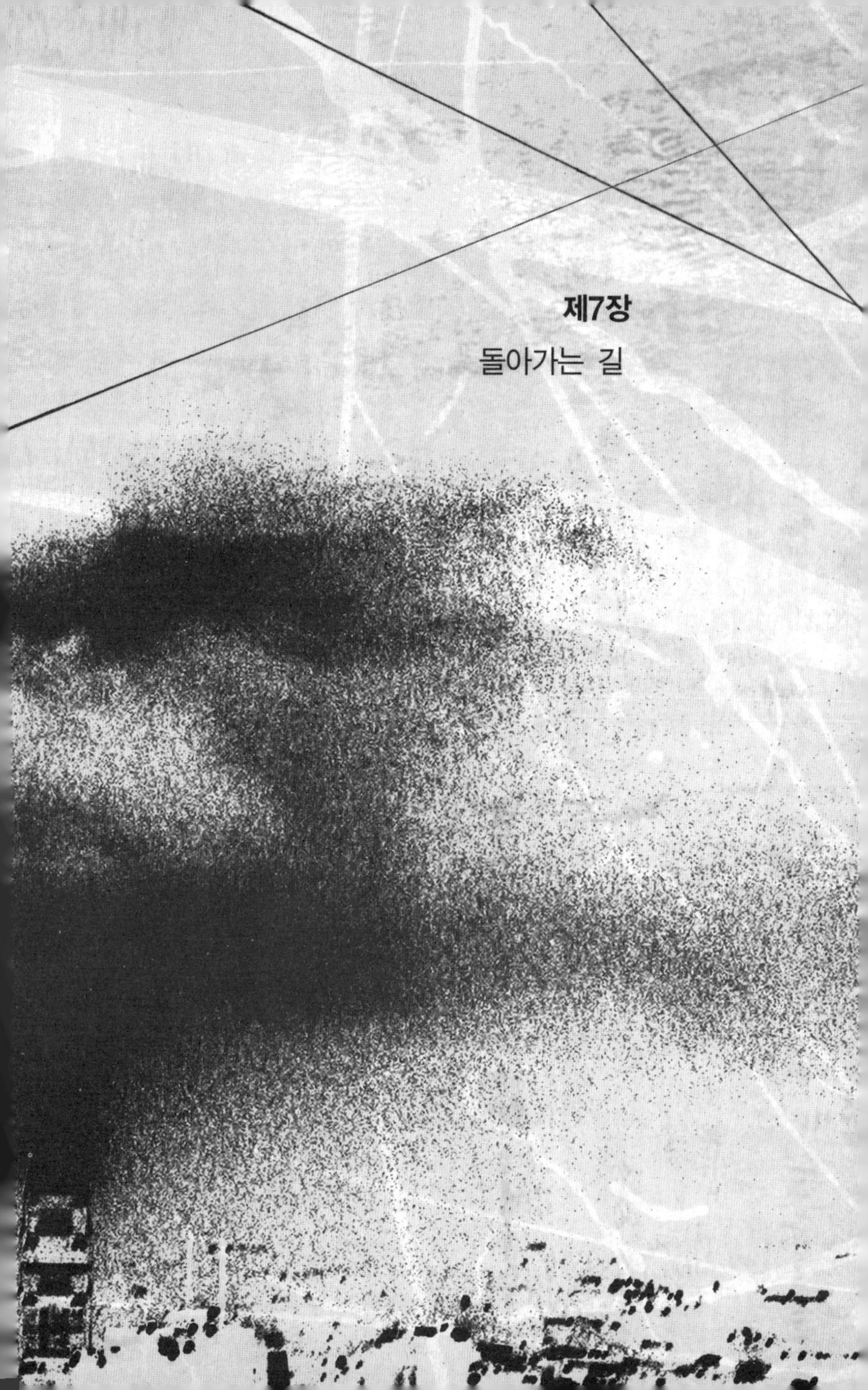

제7장

돌아가는 길

세계 유일의
남자

카아아아!

큼직한 칼이 날카로운 파공음과 함께 허공을 갈랐다.

짧은 칼이 큼직한 칼을 밀어냈다.

두 자루 칼이 연신 부닥치며 새파란 불꽃을 튕겼다.

…….

"야—! 김선우!"

"……!"

홍지호의 고함 소리에 김선우가 깊은 상념에서 깨어나

입을 열었다.

"나 불렀어?"

"어휴 정말……. 대체 뭔 생각을 하고 있었기에 천사 바퀴 빵꾸 날 만큼 소리를 질러야 대답하는 거야?"

"깔깔깔!"

차내에 앉아 있던 류승아 등이 폭소를 터뜨렸다.

"미안! 아까 무지민 언니랑 시합한 걸 머릿속으로 복기하느라고……."

김선우가 승용차 앞 보조석에 앉아 고개를 돌리며 대답했다.

"그럴 줄 알았다. 이야, 진짜… 김선우 빡 쳐서 오늘 저녁잠 나 잤네!"

"헤헤, 그 정도는 아냐. 울 중국산 새언니인데 뭐. 뇌물도 받았잖아?"

홍지호가 약 올리듯 얼굴을 바짝 들이대며 말하자 김선우가 장난꾸러기 웃음을 날리며 변명을 했다.

"근데 왜 나 불렀어, 홍찌호?"

"넌 어떻게 할 거냐고. 사법연수원에 들어갈 거야, 아님 그냥 경찰 쪽으로 갈 거야? 곧 4학년인데 결정해야 될 거 아냐?"

홍지호가 김선우의 앞으로 계획을 물었다.

홍지호는 방배동에 있는 김완 집에 살면서 학교를 다닐 만큼 가까운 친구였지만, 김선우가 기숙사 생활을 하는 경찰대학생인 관계로 쉽게 만나지 못했다.

만났다 해도 김선우가 워낙 공사다망해 속 깊은 대화를 나눌 시간이 없었다.

지금처럼 오며 가며 차내에서 잠깐씩 얘기를 하곤 했다.

"아직 결정 못했어. 사법연수원을 수료하고 법조계로 가면 쫄다구부터 다시 낑낑 대야 할 것 같고… 경찰이 되면 무궁화 세 개,경정을 달아준다니 좋긴 한데 판검사들의 눈치를 본다는 게 영 짜증나고!"

"그럼, 사시 합격자가 경찰에 지원하면 무궁화 세 개를 준다는 게 사실이야?"

"현재까지는! 지난번에 공지 붙은 거 봤어."

홍지호의 질문에 김선우가 성격대로 간단명료하게 대답했다.

현행법상 경찰은 수사할 때 검찰의 지휘를 받도록 정해져 있었다.

경찰대학생인 김선우가 사법고시를 준비했던 가장 큰 이유였다.

감시, 감독, 참견, 잔소리 등은 김선우가 가장 싫어하는 어휘들이었다.

"대우 엄청 좋네. 우린 사시 합격하고 군법무관에 지원해도 겨우 중위 달아주는데!"

육군사관학교 제복을 입은 류승아가 떫은 표정으로 말을 받았다.

"킥킥! 그럼 네가 경찰이 되면 내후년부터 신영이는 네 부하가 되는 거야? 경찰대 졸업하면 무궁화 하나라며?"

홍지호가 운전하는 박신영을 바라보며 키득댔다.

"야야, 홍지호─! 내가 왜 김선우 쫄따구가 돼?! 나도 올해 사시 일차 합격했거든?! 내년에 이 차 삼 차 모조리 패스할 거야."

박신영이 펄펄 뛰었다.

"쏘리 쏘리 박신영!"

"어후후후! 갑자기 소름이 확 돋네."

홍지호가 웃으면서 박신영을 달랬고, 박신영이 전신을 부르르 떨었다.

박신영은 경찰대학에 들어와 김선우와 친구가 됐지만, 어느새 김선우의 친구들인 홍지호 류승아 등과도 속내를 밝힐 만큼 가까운 친구가 됐다.

또래끼리 어울리다 보면 금방 친구가 된다, 젊은 시절에는!

부우웅!

김선우의 애마인 흰색 BMW750, 하얀 천사가 흰 눈이 소록소록 내리는 서울의 종로 한복판을 가로질렀다.

"미국 하버드대 로스쿨로 유학을 간다는 건 찌라시야?"

"……."

"헤헤! 내 입 촉새라는 거 경찰대생 전체가 알잖아?"

류승아가 심각한 표정으로 질문을 했고, 박신영이 째려보는 김선우에게 변명을 했다.

"오빠의 꿈이었어."

"와니 오빠가?"

"그래! 서울법대를 졸업한 뒤 하버드 같은 명문대학으로 유학을 가서 공부도 많이 하고 다양한 사람들을 만나 견문도 넓히고… 국제변호사가 되어 세계적인 로펌에서 일하고 싶었대."

"서울법대에 하버드 로스쿨을 졸업한 국제변호사라? 찬란하다. 역시 와니 오빠야!"

"돈 때문에 좌절된 오빠의 꿈을 내가 대신 이뤄주고 싶어. 아직 확실하게 결정하진 않았지만."

"뭐 결정했네!"

"너희 남매는 전생에 닭살 부부였잖아? 와니 오빠는 너라면 부르르 떨고 넌 와니 오빠를 신으로 모시고!"

"울 오빠가 세계에서 제일 멋있는 남자잖아, 짜식아!"

김선우가 엄지를 치켜들었다.

"……."

아주 잠깐 동안 차내에 침묵이 스쳤다.

"친구들이 하나둘 떠나네. 드디어 우리도 대학을 졸업할 때가 왔구나."

"갑자기 슬프다! 선우는 미국으로 승아는 독일로……."

홍지호와 박신영이 갑자기 센티멘털한 대사를 날렸다.

"승아, 너 독일 육군사관학교로 유학 가는 거 확정된 거야?"

김선우가 뒷좌석에 앉아 있는 류승아를 돌아보며 물었다.

"응! 이왕이면 엘리트 군인이 되고 싶어."

류승아가 씁쓸한 미소를 띠며 짧게 대답했다.

"어디 맛있는 밥집으로 가. 지민 언니한테 용돈도 받았는데 내가 저녁 쏘마!"

"좋아! 지난번에 갔던 남대문 황소네로 가자고."

김선우가 류승아의 눈치를 보며 말하자 박신영이 씩씩하게 대답했다.

김선우는 류승아가 독일 육군사관학교로 유학 가는 이유를 잘 알았다.

오빠인 김완 때문이었다.

"난 그냥 갈래……. 서울역에 내려줘."

"이게……? 방배동에서 자구 내일 아침에 나랑 같이 가!"

류승아가 뚱한 표정으로 입을 열자 홍지호가 대뜸 말을 막았다.

"싫어! 방배동 집에 가면 또 오빠 보고 싶어."

"……!"

류승아의 쏘는 듯한 말에 또다시 묘한 침묵이 차내를 감쌌다.

"아직 정리 안 됐어? 너 지난번에 울 오빠 완전히 잊었다고 했잖아?"

김선우답게 대뜸 돌직구를 던졌다.

"맹꽁이! 그냥 하는 말이지, 바보야."

홍지호가 류승아 대신 대답했다.

"미안! 난 사랑 쪽으로는 무식해서……."

"오빠를 잊으려고 노력하는데 영 안 돼. 평범한 사람이면 만나지 않고 보지 않으면 어떻게 잊을 수 있을 것 같은데 오빠는 늘 우리 곁에 있잖아!"

김선우가 사과 아닌 사과를 했고, 류승아가 고백 아닌 고백을 했다.

"정말 그래! 신문 TV 인터넷 어딜 봐도 와니 오빠 뉴스야."

"맞아. 하루에도 수십 번씩 TV에 나오잖아?"

홍지호와 박신영이 류승아를 감쌌다.

"게다가 울 엄마 아빠 때문에 더 힘들어."

"엄마 아빠 때문에?"

"지난번에 울 엄마가 나한테 이러더라!"

"……?"

"네가 육사 졸업하고 아무리 날뛰어도 육군 대장밖에 더 되겠니? 와니한테 시집가면 바로 황제 마누라가 되는 거야. 황후가 돼! 이렇게 말하는 거 있지?"

"깔깔깔! 하하하!"

류승아의 너스레에 김선우 등이 뒤집어졌다.

"씨이! 누가 그길 모르나? 오빠가 좀처럼 날 여자로 보지 않으니까 문제지."

류승아가 잇새로 말했다.

"승아가 엄마 얘기 하니까 생각난다. 와니 오빠가 우리 약국에 들러서 아빠한테 인사를 하고 갔대. 근데 약 사러 온 할머니가 자꾸 오빠랑 어떤 관계냐고 물어보더래."

이번엔 홍지호가 사연을 밝혔다.

"아빠가 귀찮아서 우리 딸 애인입니다 하셨대! 그랬더니 그 할머니가 그럼 댁이 그 유명한 신채린이 아빠유? 하시더래."

"까르르르! 호호호!"

차내에 웃음 터지며 다시 분위기가 바뀌었다.

김완은 전 국민이 다 아는 신채린의 애인이었다.

"오케이! 그럼 스케줄을 약간 바꿔서 승아 애인한테 밥을 사달라고 하자."

"……!"

"찌호야! 오빠한테 전화 때려."

"와, 와니 오빠한테……?!"

"승아는 서울역에 내려주고 우린 오빠 만나서 밥 먹고 놀다 들어가자고."

퍽!

류승아가 김선우의 등을 힘껏 쥐어박았다.

"니들이 왜 울 애인을 만나? 그것도 날 따돌리고!"

"우헤헤헤! 깔깔깔!"

"야, 류승아! 잊었느니 어쩌니 개수작 부리지 말고 네 마음이 시키는 대로 행동해. 우린 밥만 먹고 빠져줄 테니까 오빠랑 데이트하라고. 눈 내리는 명동의 밤거리를 거닐면서……."

"캬하—! 그림 된다. 하얀 눈이 내리는 명동의 밤거리의 연인."

김선우가 북을 치자 홍지호가 추임새를 넣었다.

"고마워, 선우야."

"그래, 짜샤! 여러 번 말했지만 난 정말 네가 우리 새언니가 됐으면 좋겠어."

—네가 우리 새언니가 됐으면 좋겠어!

김선우가 김완과 관계있는 여자들을 만날 때마다 써먹는 대사였다.

여기는 함박눈이 내리는 서울 광화문 네거리였다.

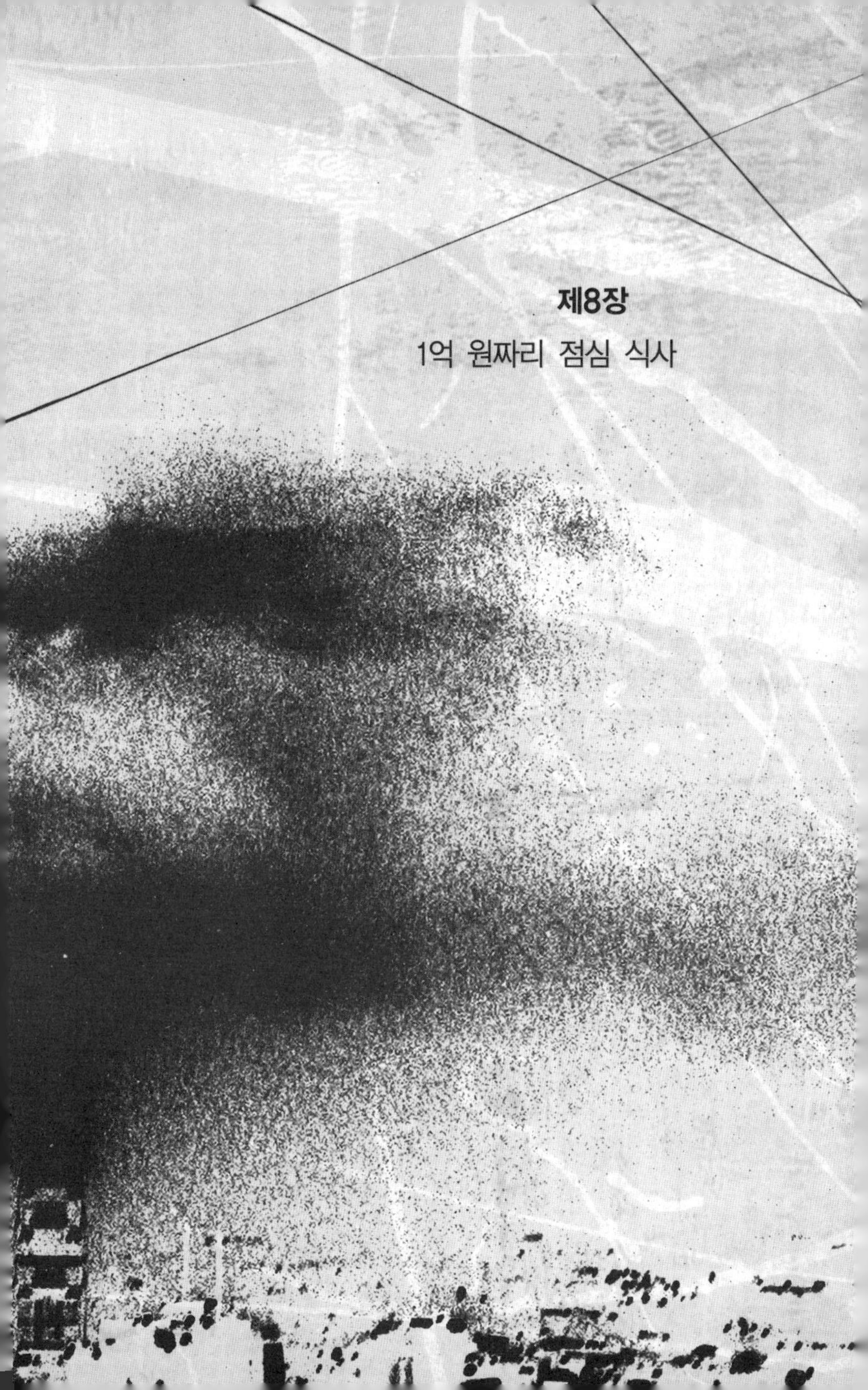

제8장

1억 원짜리 점심 식사

세계 유일의
남자

빰빰빰…….

경쾌한 클래식 음악이 흘러나오는 실내.

예쁜 붉은 장미꽃이 수놓인 큼직한 쇼핑백이 탁자 위에 수북이 쌓여 있었다.

세월의 흔적이 보이는 큼직한 손 하나가 쇼핑백을 집어 들었다.

“혹시 이 선물 못 받으신 분?”

유명한 엔터테인먼트 회사인 ㈜SK1의 신동국 이사가 마이크를 든 채 원형 탁자에 앉아 있는 사람들을 둘러보며 말을 했다.

"네에— 여기요, 이사님!"

"저희들 못 받았어요!"

저편 테이블에서 이십대 초반의 아가씨들이 손을 번쩍 치켜들며 소리쳤다.

"아, 예! 어서 저분들 갖다드려."

"네 이사님!"

신동국 이사가 고개를 주억거리며 ㈜SK1의 유니폼을 입은 도우미 아가씨에게 손짓을 했다.

"험, 감사합니다. 올 한 해도 변함없이 우리 사장님을 응원해 주시고 격려해 주신 신사모를 비롯한 여러 팬클럽 임원 여러분! 운영진 여러분! 정말 고맙습니다."

신동국 이사가 간단하게 인사한 뒤 깊숙이 허리를 접었다.

짝짝짝!

원탁에 앉아 있던 백여 명의 남녀노소가 힘차게 박수를 쳤다.

"아울러 다시 한 번 죄송하다는 말씀을 드립니다. 사장님께서 직접 나오셔서 인사를 드려야 하지만 아시다시피 우리 사장님, 여러분의 신짱께서는 몸이 좋지 않으셔서 현재 요양 중이십니다."

삑삑삑! 짝짝짝!

"우린 괜찮아요, 채린 언니!"

"빨리 쾌차하십시오. 파이팅— 신짱!"

"제발 아프시면 안 돼요! 신짱 언니!"

원탁에 앉아 있던 사람들이 일제히 일어나 박수를 치고 휘파람을 불면서 마치 신채린이 자리에 있기라도 한 듯 응원의 멘트를 날렸다.

"껄껄껄! 감사합니다. 사장님께서 곧 건강한 모습으로 여러분을 찾아뵙게 될 것입니다."

신동국 이사가 호탕하게 웃으며 손을 흔들어 답례를 했다.

연말이 되면 우리 주위에서 흔히 볼 수 있는 송년회였다.

하지만, 지금 진행되는 송년회는 쉽게 구경할 수 있는 모임은 아니었다.

신채린에게 절대 충성을 받치는 신충이들!

신사모, 우배신, 신신당부 등 신채린의 팬클럽 대표들과 신채린을 대신해서 참석한 ㈜SK1의 신동국 이사가 어울려 회식을 하는 자리였다.

일종의 팬 미팅이었다.

"에, 지금 나눠드린 쇼핑백에는 우리 회사에서 발행한 내년도 달력과 다이어리가 들어 있습니다. 예년에는 우리 회사 소속 연예인들과 스포츠 스타들을 함께 촬영해서 달력을 만들었는데 여러분들께서 사장님 캐릭터만을 원하셔서 이번에는 그렇게 제작했습니다."

"와아아―! 대박!대박!"

"후아아아! 울 신짱 너무 예쁘다!"

신채린 팬클럽 대표들이 달력을 넘겨보며 탄성을 질렀다.

"또, 두 장의 DVD 중 한 장은 사장님께서 주인공으로 출연해 올해 아카데미 여우주연상에 노미네이트되었던 영화 〈블루 지대〉를 DVD로 제작한 것입니다. 고퀄리티의 화질로 딱 삼천 장 찍은 비매품입니다."

"우리 이사님 왕짱맨!"

"아후후후, 죽여준다!"

신동국 이사가 쇼핑백에 담긴 선물에 대해서 설명하자 팬클럽 대표들이 경쟁하듯 감탄사를 터뜨렸다.

"나머지 한 장은 지난가을 서울대 축제에서 있었던 서울패 33기의 공연을 100분짜리 다큐로 제작해 DVD에 담은 것입니다. 이것 또한 비매품으로……."

"꺄아아악! 서울패 33기 공연 다큐래?!"

"로또다! 내가 이래서 신짱 팬질에 목숨을 건다니까!"

신동국 이사의 설명이 끝나기도 전에 팬클럽 대표들이

거품을 물었다.

"여러분들께서 이렇게 기뻐해 주시니 저도 몹시 기분이 좋습니다. 사장님께서도 이 소식을 전해 들으시면 무척 기뻐하실 겁니다."

"선물 고맙습니다."

"새해 복 많이 받으세요, 이사님!"

신동국 이사와 팬클럽 대표들이 환하게 웃으면서 서로 덕담을 건넸다.

"이 호텔 뷔페가 제법 괜찮습니다. 천천히 드시면서 혹시라도 우리 사장님께 전하고 싶은 말이나 궁금하신 점이 있으시면 서슴없이 말씀하십시오. 확실하게 전달하고 솔직하게 대답해 드리겠습니다."

"네에— 감사합니다. 잘 먹겠습니다!"

신동국 이사가 마이크를 내려놓자 팬클럽 대표들이 우루루 일어섰다.

뒤이어 ㈜SK1의 유니폼을 입은 도우미 아가씨들이 신동국 이사가 앉아 있는 테이블 위에 음식이 담긴 접시들을 조심스럽게 내려놓았다.

"그래, 고맙다, 김 대리! 밖에 있는 직원들도 들어와서 식사들 하라고 해."

"네에! 이사님."

올해 나이 쉰인 신동국 이사는 신채린과 같은 본을 쓰는 일가였다.

신채린의 아버지인 신동수 신우그룹 회장과 동학렬로서 신채린에겐 삼촌뻘이었다.

고교 시절 씨름선수였던 신동국 이사는 변변찮은 실력 덕에 대학이나 실업팀에 입단하지 못하고 백수 생활을 했다.

부친이 신동수 회장을 찾아가 읍소를 해 신우해양조선에 취업이 됐고…….

그러던 어느 날 신동수 회장이 불러 신채린의 로드 매니저를 부탁하면서 꼬였던 인생이 활짝 펼쳐졌다.

신동국 이사는 지난 십 년 동안 운전부터 경호까지 모든 잡일을 다 하면서 신채린을 지극정성으로 보살폈다.

그 결과 오늘 ㈜SK1의 넘버 포에 올랐다.

"저어… 이사님!"

회색 재킷을 걸친 세련된 이십대 여성, 서현진이 쭈뼛거리며 신동국 이사에게 말을 붙였다.

얼마 전에 하와이까지 날아왔던 '신사모'의 총두목이었다.

"예! 서 회장님 말씀하십시오."

"이거 한번 봐주세요. 저희 집으로 초대장이 왔는데, 정말 신짱께서 보내신 건지 궁금해서요."

"사장님께서 초대장을 보내요?!"

신동국 이사가 금시초문이라는 듯 의아한 표정으로 되물었다.

"제가 미친 듯이 신짱을 빨아대니까 친구들이 장난친 것 같은데 그래도 혹시 해서 히히히……."

서현진이 귀엽게 웃으며 우체국 소인이 선명하게 찍힌 우표 한 장이 붙어 있는 예쁜 편지 봉투를 내밀었다.

초대의 글.

저 신짱이에요, 서현진 회장님!

회장님의 따뜻한 격려와 위로 덕분에 몸이 많이 좋아졌어요.

다름이 아니라 송년회에 제가 못 나갈 것 같아서요.

아마 우리 회사 신동국 이사님이 제 대신 나가실 거예요.

그래도 왠지 마음이 씁쓸하네요.

혹시 시간되시면 12월 20일(금요일)날 설악산에 있는 저희 집에 놀러 오실래요?

오후 1시까지 꼭 오세요.

제가 맛있는 거 많이 대접해 드릴게요.

저희 집 약도와 함께 10만 원짜리 우체국 소액환을 동봉합니다.

혹시 회장님이 차비 없어서 못 오실까 봐 후후…….

그럼 20일 날 뵐게요.

강원도 속초시 채린사(彩隣舍)에서 신채린이 드려요.

*추신

1. 오실 때 꼭 친구랑 같이 오세요. 아빠나 엄마 동생도 좋고요.

2. 초대장 지참하시는 거 절대 잊지 마시구요. 우리 집 도우미분들은 서 회장님 얼굴을 모르잖아요. 죄송 죄송!

"껄껄껄! 사장님께서 저도 모르게 깜짝 이벤트를 준비하셨군요. 맞습니다! 사장님이 보내신 초대장이 분명합니다."

정성껏 써내려 간 편지를 읽은 신동국 이사가 너털웃음을 터뜨렸다.

"저, 저, 정말요?"

"예! 강원도 속초시… 사장님 별장 주소입니다. 오랜만에 사장님 손 글씨를 보니 감회가 새롭군요."

"……!"

찰나 서현진이 감격에 겨운 듯 편지 봉투를 꼭 쥔 채 전신을 부르르 떨었다.

"이사님! 제 초대장도 좀……."

이번에는 '우배신'의 대표인 김소희가 초대장을 내밀었다.

"예에, 확실합니다! 사장님은 예전부터 누군가에게 편지나 메모를 보낼 때는 절대 컴퓨터를 사용하지 않았습니다. 이 편지처럼 만년필을 사용해 정성껏 글을 쓰셨죠."

"으아아앙앙―!"

돌연 김소희가 편지 봉투를 가슴에 안은 채 울음을 터뜨렸다.

"흑흑흑흑!"

이어서 서현진이 따라 울기 시작했고, 느닷없이 송년회장이 울음바다로 변했다.

십대부터 삼십대로 보이는 젊은 남녀들이 흡사 울음병에 전염이라도 된 듯 마구 울어댔다.

그냥 눈물을 흘리는 정도가 아니었다.

거의 통곡에 가까운 수준이었다.

시일야방성대곡이 따로 없었다.

"껄껄껄……."

신동국 이사가 만면에 미소를 흘렸다.

"그렇게 좋으십니까, 서 회장님?"

신동국 이사가 두 손으로 얼굴을 가린 채 흐느끼는 서현진에게 말을 붙였다.

"네네! 제가 신짱을 따라다닌 지 팔 년짼데 이렇게 감동먹긴 처음이에요. 저를 집에 초대해 주고 혹시 제가 돈이 없어서 가지 못할까 봐 차비까지 보내주고……. 아아아앙, 신짱!"

"흑흑흑! 진짜 진짜 나를 이렇게 생각해 주실 줄 몰랐어요. 신짱 언니는 영원한 제 짱이에요. 우린 한 몸이에요, 언니!"

"제게도 이런 날이 오는군요. 신짱이 저를 집으로 초대해 주시다니? 정녕 가문의 영광입니다."

"오늘 처음 살아 있는 보람을 느꼈습니다!"

신채린의 팬클럽 중에서 가장 규모가 큰 신사모의 회장인 서현진과 우배신의 대표인 김소희와 남자 팬들이 주류를 이루는 신신당부의 회장인 여장훈 등이 감격에 겨워 어쩔 줄을 몰랐다.

'사장님께서 보낸 초대장 한 장에 대성통곡을 한다? 이런 광신도가 전 세계에 십억이 깔려 있다? 역시 지구 최강의 짱짱걸이시구먼. 껄껄껄!'

신동국 이사가 새삼스럽게 신채린의 인기를 절감했다.

인류 역사상 가장 위대한 배우요, 대를 이어 팬질을 해야 되는 연예인이라고 거침없이 주장하는 신채린의 팬들!

올해 아카데미 작품상과 여우주연상에 노미네이트된 블루지대가 우리나라에서 개봉됐을 때 넉 달 동안이나 매진 행렬을 기록하며 무려 1,700만 명의 관객을 동원한 것도 모두 신채린의 팬들 덕분이었다.

어떤 광팬은 한 달 내내 극장을 드나들며 블루지대만을 감상했으니…….

지금 당장 인터넷 사이트에 접속해 신채린 팬클럽에 들어가 보면 신채린이 출연한 영화에 관해 토론하는 팬들이 수만 명이 넘는다.

아이러니하게도, 정작 주인공인 신채린은 활화산처럼 타오르는 팬들과는 전혀 다르게 차가운 얼음공주요, 쌀쌀한 차도녀로 유명했다.

팬클럽이 생긴 지 십 년이 다 됐어도 팬 서비스라고는 팬미팅 서너 번 한 것이 전부였다.

오늘처럼 ㈜SK1의 신동국 이사나 장 부장이 이따금 신채린을 대신해 팬클럽 대표들을 만나 선물 등을 전달하며 관리해 왔을 뿐이다.

한데, 그 얼음공주가 손수 편지를 써서 팬클럽 임원들에게 초대장을 보냈으니 대성통곡을 할 만도 했다.

'헛헛헛! 사장님께서 각성하신 게 분명해! 팬클럽 임원들에게 초대장을 보내시질 않나, 콘서트를 기획하시지 않나.'

신동국 이사가 쓴웃음을 흘렸다.

신동국 이사를 놀라게 하고 신채린 팬클럽 임원들을 통곡하게 했던 초대장!

신채린이 보낸 이 초대장은 얼마 후 인터넷 사이트에서 무려 1억 원이 넘게 거래가 되면서 신동국 이사와 팬클럽 임원들을 다시 한 번 경악케 했다.

이는 이 이후의 이야기.

"아후후후— 신짱이 우릴 초대하다니? 꿈이라면 제발 깨지 마라!"

"현대판 불가사의야. 아프고 나더니 얼음공주께서 남국 여왕으로 빙의하셨나?"

"히히히! 우리가 하와이까지 병문안을 가서 감동 드신 거 아닐까요?"

"그럴 수도 있어. 그날 신짱 눈이 유난히 촉촉했거든!"

"기대된다 기대 돼. 눈 덮인 설악산에서 모닥불 피워놓고 신짱이랑 마주 앉아 도란도란……."

'신사모' 회장인 서현진과 이경화 부회장 문숙희 총무 등이 호텔 로비를 나서며 폭풍 수다를 떨었다.

"근데, 초대장보다 더 반가운 소식이 뭐지? 아까 이사님이 살짝 떡밥을 던졌잖아?"

서현진이 어떤 생각이 난 듯 눈을 깜빡였다.

"진짜?? 나도 아까부터 그 떡밥이 궁금했어."

"이번엔 임원들뿐 아니라 팬들 모두가 울고불고할 거라

고 하셨어요. 웃으시면서!"

"신충이 모두가 난리를 칠 거다. 뭐지?"

"아— 정말 궁금하네!"

서현진이 양손으로 머리를 움켜쥐었다.

"신짱… 이번에 결혼하는 거 아냐, 닉이랑?"

"바로 그거예요, 부회장 언니!"

"말 된다. 신짱이 닉이랑 결혼하면 정말 우리 신충이들 울고불고 난리를 치겠지."

신충이는 신채린의 팬을 가리키는 말이고 닉은 신채린의 팬들이 김완을 부르는 별명이었다.

"……."

일순, 주차장 쪽으로 걸어가던 서현진 등이 입을 꾹 다물었다.

신충이들은 신채린이 김완과 결혼하는 것을 극렬하게 반대했다.

바람둥이라는 이유 때문이었다.

지금 서현진 등이 입을 꾹 다문 이유기도 했고!

"어쨌든 신짱이 결혼한다면 우리 신충이들은 무조건 축하해 줘야 되는 거 아냐?"

"회장 누나 말이 맞습니다. 신짱이 닉을 무지무지 좋아하잖아요."

"신짱이 닉을 바라보는 눈빛을 보면 정말……."

서현진의 한숨과 함께 다시 침묵이 이어졌다.

"그래도 난 이 결혼 반대예요. 신짱 언니가 지금도 닉 때문에 속앓이를 하는데 결혼하면 얼마나 힘들겠어요. 여자가 한두 명도 아니고 수십 명이라는데……."

"난 차라리 신짱이 지금처럼 결혼하지 않고 골드 미스로 살았으면 좋겠어. 그럼 나도 죽을 때까지 신충이로 살 거 같아."

띵똥!

신충이들이 신채린의 결혼에 대해 심각하게 논의할 때 총무인 문숙희 품에서 벨 소리가 흘러나왔다.

문자가 왔다는 신호였다.

"이, 이게 무슨 말이에요, 회장 언니?"

문숙희가 눈이 커진 채 휴대폰을 서현선에게 건넸다.

뉴욕 신충이 마이클 조입니다.

신짱께서 팬클럽 임원들께 보내신 〈초대장 세트〉 구매합니다.

육필 서신 원본과 속초 우체국 소인이 찍힌 우표와 봉투, 10만 원권 소액환까지.

모두 합쳐서 5만 US달러 드리겠습니다.

계좌 번호 주시면 즉시 계약금 쏴드립니다.

"뉴욕 신충이 마이클 조… 이 사람, 우리 신사모 최우수 회원이야!"

"뉴욕에서 부동산 재벌로 소문난 사람이라고!"

"지금 신짱 언니가 우리에게 보낸 초대장을 5만 달러에 사겠다는 거예요?"

"5, 5만 달러면 한화로 5,000만 원이 넘잖아요?!"

지구상에는 수십억 명의 사람들이 살고 있다.

그 사람 수만큼이나 취미들도 다양하다.

많은 사람들이 스타들이 사용하던 옷이나 구두 모자 같은 일상 용품들을 수집하는 취미를 갖고 있다.

덕분에 스타들의 일상 용품들이 고가로 매매되기도 한다.

그런 맥락에서 신채린이 생전 처음 자신의 팬클럽 임원들에게 보낸 초대장은 신충이 들에게는 영구히 소장할 가치가 있는 귀중품이었다.

"이 초대장이 5,000만 원짜리야?"

"십 년 동안 줄기차게 빨았더니 마침내 신짱이 산타클로스가 돼주셨어."

"기쁘다 구주 오셨네! 신짱 언니 덕에 나 원룸 신세 면했다."

"성은이 망극하나이다, 얼음공주 마마!"

"호호호! 깔깔깔!"

신채린의 팬클럽 신사모의 임원들이 신채린이 보낸 초대장의 가치에 놀라 광분을 했다.

띵똥 띵똥!

또다시 휴대폰이 울렸다.

이번에는 모든 사람들의 품에서 동시에 벨이 울렸고, 역시 문자가 왔다는 신호였다.

"또 뭘까?"

모두가 기대에 찬 표정으로 일제히 휴대폰을 꺼냈다.

"……?!"

곧바로, 입을 딱 벌린 채 마주봤다.

㈜ SK1에서 알려드립니다.

그동안 배우 신채린을 성원해 주셔서 대단히 고맙습니다.

팬들의 열화 같은 성원에 보답코자 아래와 같이 단독 콘서트를 무료로 개최합니다. 많은 관람 부탁드립니다.

—아래—

장소: 서울 잠실 올림픽 체조경기장.

시간: 2009년 12월 31일 오후 8시부터 10시까지.

티켓 예약처: 신우아트센터.

티케팅 오픈 시간: 2009년 12월 26일 오후 2시.

티켓 가격: 전 좌석 무료.

참고: 1. 모든 티켓은 1인 2석 선착순 마감.

2. 전석 온라인 예약. 오프라인 예약은 없음.

3. 행사 당일 입장하시는 모든 분들께 본사 캘린더 한 부씩 증정.

"세, 세상에! 신짱이 콘서트를 한대?! 그것도 단독 콘서트를!"

서현진이 너무 놀라 다리가 풀린 듯 주차장 바닥에 그대로 주저앉았다.

"우리를 설악산 별장으로 초대한 게 미사일이라면 이 단독 콘서트는 핵폭탄이야!"

"진짜 신짱 약 빨았나봐? 갑자기 왜 이러는 거야? 지난 십 년 동안 한 번도 안 하던 짓을 연타로 날리네."

털썩 털썩!

이경화와 문숙희 등이 서현진 옆에 주저앉았다.

"푸후후! 신짱이 단독 콘서트를 한다니 정말 정말 믿기지 않는다."

"이게 이사님이 던진 떡밥의 정체였군!"

"지난가을 서울대 공연을 구경하고 온 신충이가 신짱이 단콘 하게 해달라고 백일기도를 드린다더니, 그 덕분인가

봐요."

"걱정된다, 걱정돼! 신짱이 노래 몇 곡 부른 서울대 공연에도 장장 백만 명의 인파가 몰렸다는데 단독콘서트를 하면 어찌 될까?"

"빛의 속도로 티켓이 매진되겠지. 30초면 땡!"

"티켓팅이 아니라 피가 튀는 피켓팅이 되겠내."

띵똥띵똥! 빠빠빠빰!

서현진과 문숙희등이 멍한 표정으로 신채린이 개최하는 단독 콘서트를 상황을 걱정할 때 다시 휴대폰이 울어 댔다.

"에효― 벌써 시작됐다."

서현진이 투덜거리며 휴대폰을 켰고,

"콘에 대해 아는 바 전혀 없음. 신짱께 직접 문의하실 것!"

퉁명스럽게 대꾸하며 휴대폰을 끊었다.

"무리수냐? 신짱하고 설악산에서 데이트하고 다정하게 손잡고 서울에 올라와 단콘 가는 거!"

"킥킥! 세상에서 딱 한 사람 그렇게 할 수 있어."

"갑자기 닉이 부럽다. 그리고 너무 가고 싶다, 신짱의 단독 콘서트!"

"저도요, 회장 언니! 난 영화가 아니라 신짱이 해변가요제에서 노래 하는 거 보고 신충이가 됐다구요."

서현진 등이 신채린의 단독 콘서트 쇼크 덕에 추위조차 잊은 듯 한겨울의 노상 주차장에 옹기종기 모여앉아 연신 푸념을 해댔다.

"난 지난번 서울대 공연을 생각만 해도 눈물이 나……."

"정말 그래요! 관중들이 던진 붉은 장미 속에 파묻혀 하늘나라 소녀를 부르는 신짱의 모습은 딱 하늘나라에서 내려온 천사였어요."

"전 그날 완전 멘붕했습니다. TV와 유튜브에서 서울패 33기가 공연하는 동영상을 수백 번 봐서 신짱이 노래 잘하는 건 알았지만, 그 정도일 줄은 몰랐습니다. 비욘세고 머라이언이고 그대로 발라 버리던데요."

"크큭! 가요 평론가들이 입에 거품을 물잖아? 신짱이 이번에는 세계 가요계에 도전장을 냈다고!"

느닷없이 퀸 호텔 노상 주차장이 신채린의 노래 실력 찬양의 장으로 바뀌었다.

이것이 스타들을 추종하는 광팬들의 실제 모습이다.

장소 불문, 시간 불문, 언제 어디서든 자신들이 추종하는 스타에 대해서 대화를 나누고 열광한다.

스타들에게 팬은 제이의 가족이요, 식구였다.

"미치겠다. 단독 콘서트라면 신짱이 노래를 열 곡 이상 부를 텐데……."

"백 퍼센트 못 가, 난! 내 손은 고자손이라서 한 번도 이런 피켓팅에 성공한 적이 없어."

"난 완전 장애인이에요. 블루지대도 몇 번씩 예매에 실패해서 개봉한 지 일주일 만에 봤어요."

"알았어! 내가 총대 멜게."

이경화 등이 연신 투덜거리자 서현진이 결심한 듯 자리에서 분연히 일어섰다.

"총대를 메다니?"

"회장 언니가 어떻게 총대를 메요?"

"설악산에서 신짱 만나면 협박할 거야. 단콘 티켓을 주든지, 내가 자살하는 꼴을 보든지 둘 중 하나를 택하라고."

"캬하, 우리 회장 노 놀끼 나온다."

"방법이 없잖아? 오픈 마켓에서 예매한다면 텐트치고 노숙하면서 어떻게 해보겠지만, 키배질은 나도 꽝이야."

키배질이란 키보드를 두드려 배틀을 뜬다는 뜻으로 네티즌들이 온라인상에서 채팅을 할 때 흔히 쓰는 말이다.

"좋아요, 언니! 정 안 되면 닉이라도 만나자고요. 닉이 ㈜SK1의 실질적인 대장이라는데 콘서트 초대장 몇 개 못 구하겠어요?"

"신짱이랑 결혼하는 거 반대하지 않을게. 대신 신짱 단콘 초대장 줘! 오케이?"

"결국 신짱을 무료 콘서트 티켓 몇 장에 팔아먹는구나!"

"깔깔깔깔! 오호호호!"

신채린의 팬들을 멘붕의 도가니로 몰아넣은 신채린의 단독콘서트.

신채린이 하와이까지 문병을 온 팬들에게 감동 감화해 한국으로 돌아오는 비행기 내에서 기획한 두 가지 행사 중 하나였다.

이때부터 신채린은 매해 상암 월드컵 경기장에 십만여 명의 팬들을 초대해 무료 단독 콘서트를 개최했다.

이 콘서트가 이후 아카데미 여우주연상을 일곱 번씩이나 거머쥐게 하는 신의 한 수가 됐고!

2009년 마지막 날 열린 신채린의 생애 첫 번째 단독 콘서트는 신충이들의 예측대로 일만 장의 티켓이 딱 30초 만에 매진되는 기염을 토했다.

* * *

김완과 신채린!

이 걸출한 두 명의 천재가 자금을 투자를 하고 머리를 맞대고 설립한 토털 엔터테인먼트 회사인 ㈜SK1의 조직은 모두 일곱 개 팀으로 나뉜다.

총무팀, 법무팀, 연예 사업팀, 스포츠 사업팀, 영상 사업팀, 공연기획 사업팀, 경비경호 사업팀이 바로 그것이었다.

각 팀의 팀장은 이사급인 임원들이 맡았는데 그 팀의 인사와 재정에 관한 모든 권한을 갖고 있었다.

즉, 여타 엔터테인먼트 회사들처럼 대표이사를 중심으로 움직이는 수직형 조직이 아니라 중간 관리자인 팀장이 핵심이 되는 수평형 조직이었다.

물론 팀장들 위로 전무 사장 회장이 있었지만 그저 이름뿐이었다.

모든 업무는 하나부터 열까지 팀장 회의에서 조율됐고, 결정했다.

회장과 사장 등에게는 삼 개월 혹은 육 개월에 한두 번 보고하면 끝났고!

그런 조직 덕분인지 ㈜SK1은 지난 오 년 동안 눈부신 성장을 거듭하면서 시가 총액 2조 원을 넘겼다.

마침내 올해 대한민국 엔터테인먼트 회사의 본좌에 올랐다.

"세월 빠르네요. 작년 연말에 있었던 임원회의에 참석한 게 엊그제 같은데……."

"걱정입니다. 해놓은 건 없고 나이는 왜 이렇게 빨리 처먹는지… 빌어먹을!"

"껄껄껄! 내 말이 그 말입니다."

총무팀장인 신동국 이사와 법무팀장인 오택진 변호사 등이 최신형 노트북과 마이크가 놓여 있는 넓은 원탁 주위에 둘러앉아 두런두런 대화를 나눴다.

오랜만에 ㈜SK1 임원들이 서울 테헤란로에 위치한 SK1 빌딩 25층의 대회의실에 모여들었다.

㈜SK1의 올해 마지막 정기임원회의였다.

정기임원회의라서 그런지 각 팀의 팀장들은 물론 부서장들까지 빠짐없이 배석했고, 몇몇 직원들이 ENG 카메라로 회의장 풍경까지 세세히 촬영하고 있었다.

"회장님께서 오셨습니다!"

㈜SK1 유니폼을 입고 신분증을 패용한 여사원이 대회의실 문을 열고 들어와 공손하게 보고를 했다.

신동국 이사 등이 일제히 자리에서 일어났다.

정장 차림의 정중환과 신채린 김완이 석 팀장, 장 부장등과 함께 회의실로 들어왔다.

김완의 전담 매니저인 석 팀장은 ㈜SK1의 이사로 경호경비팀의 팀장이었고, 신채린의 전담 매니저인 장 부장은 경호부장을 맡고 있었다.

모두 임원회의 멤버였다.

"잘들 지내셨습니까? 반갑습니다, 정중환입니다."

정중환이 팀장들이 채 자리에 앉기도 전에 입을 열었다.

"여러분의 덕분에 제가 팔자에도 없는 국회의원이 됐습니다."

와아아아! 짝짝짝짝!

"축하드립니다, 의원님!"

"이제 결제 받으러 여의도로 달려가겠습니다, 회장님!"

"껄껄껄! 하핫핫!"

정중환의 입에서 온누리당 비례대표의원에 당선된 인사가 떨어지자 회의실에 모인 ㈜SK1 간부들이 우레와 같은 박수와 함께 축하인사를 건넸다.

"감사합니다. 오늘 회의가 끝난 뒤 모두 퀸 호텔로 가시죠! 전무님과 제가 1차, 2차, 3차, 내일 아침 해장국집까지 풀코스로 쫘악 모시겠습니다. 국회의원에 당선된 턱과 저 장가가는 날 꼭 와주십사 해서 쏘는 겁니다."

"부라보—! 우리 회장님 만세!"

"올 크리스마스는 꼭 회장님과 함께하겠습니다!"

㈜SK1 임원들이 환호성을 질렀다.

올 해는 정중환에게 인생 최고의 해였다.

겹경사가 났기 때문이다.

며칠 전 개표가 끝난 국회의원 선거에서 온누리당 비례대표의원으로 당선됐다.

또 돌아오는 12월 25일 오후 2시 퀸 호텔에서 서울대 빵동지인 황연주와 대망의 결혼식을 올리고!

"더불어 한 말씀 드리겠습니다. 사장님과 전무님 몇몇 팀장님께는 보고드렸습니다만, 제가 이번에 제주 한국호텔 지분을 전량 인수해 퀸 호텔과 제주 한국호텔의 오너를 겸임하게 됐습니다. 해서… ㈜SK1의 회장직을 12월 31일부로 사임할까 합니다."

"아— 오!"

"짧은 시간이었지만, 즐거웠습니다. 그동안 물심양면으로 도와주셔서 고맙습니다."

정중환이 이미 임원들과 얘기가 끝난 듯 아주 짧게 이임 인사를 했다.

김완이 기획한 국회의원 정중환 만들기의 마지막 수순이었다.

연예기획사보다 호텔 오너가 국회의원과 훨씬 잘 어울리는 조합이었다.

"그동안 고생하셨습니다, 회장님."

"꼭 제주도에 놀러가겠습니다, 회장님!"

임원들과 부서장들이 분분히 일어나 정중환과 인사를 나눴다.

"그럼 지금부터 ㈜SK1의 정기임원회의를 시작하겠습

니다."

잠시 후, 정중환이 묵직한 어투로 개회를 선언했다.

확실히 자리가 사람을 만드는 것이지, 사람이 자리를 만드는 것은 아니었다.

국회의원 당선자 신분이라서 그런지 엊그제 육군 준위로 전역한 이십대 중반 청년이었지만, 거대 조직의 CEO로서 포스가 물씬 풍겼다.

"올해 마지막 임원회의입니다. 모두 바쁘신 만큼 간략하게 말씀들 하시고 간단히 회의를 마무리 짓겠습니다. 먼저 연예사업부 박 팀장님!"

정중환이 모두 발언과 함께 건너편에 앉아 있는 대머리 중년 남자를 쳐다봤다.

"연예사업부 팀장 박일수입니다."

박 팀장이 가볍게 고개를 숙였고,

"올 한 해 우리 회사가 계속해서 승승장구를 했는데 막판에 제가 냉수를 뿌리는 것 같습니다. 다시 한 번 여성시대 건에 대해 사과드리겠습니다."

곧바로 자리에서 일어나 정중환 쪽을 향해 깊숙이 허리를 접었다.

"여성시대 건은 팀장회의 부쳐져 숙고 끝에 오늘 임원회의에 상정하기로 결론을 내렸습니다. 이 자리에 계신 임원들께서 최종 결정을 내려주셨으면 합니다. 죄송합니다!"

"……."

연예사업부 박 팀장이 걸그룹인 여성시대건을 보고하자 일 분 전까지만 해도 화기애애했던 회의실이 정말 냉수를 뿌린 듯 싸늘해졌다.

〈여성시대〉는 최절정의 인기를 누리는 9인조 걸그룹으로써 〈아가씨들〉과 함께 ㈜SK1에 한 해 이백억 원 이상의 매출을 올려주는 황금알을 낳는 거위였다.

그 여성시대가 보름 전쯤 불평등한 계약 조건, 소위 노예계약이라는 명분을 내세워 계약 해지를 원하는 내용 증명을 ㈜SK1에 보내왔다.

당연히 ㈜SK1은 뒤집힐 수밖에.

워낙 중대한 사안인 만큼 긴급히 소집된 팀장회의에서조차 결론을 못 내리고 실질적인 사주인 신채린과 김완이 참석한 이 임원회의에 SOS를 요청했던 것이다.

정중환이 신채린을 돌아봤고, 신채린이 다시 김완을 쳐다봤다.

김완이 법무팀장인 오 변호사를 향해 고개를 돌렸다.

"계약 관계는 충분히 검토하셨죠, 오 변호사님?"

"물론입니다. 전무님! 소송으로 가면 100% 우리 회사가 이깁니다. 하지만 소송이 시작되면 갑과 을이 어쩌구 하면서 우리 회사 이미지가 많이 훼손될 가능성이 있습니다."

"여성시대 뒤에 오리온이 있는 것 같다고 말씀하셨죠?"

김완이 고개를 끄덕이며 다시 연예사업부 박 팀장에게 질문을 던졌다.

"예! 분명히 오리온 곽 회장이 뒤에서 조종하고 있습니다. 모처를 통해서 녹취록까지 입수했습니다."

"석 팀장님! 오리온 곽 회장 좀 연결해 주세요."

박 팀장에게 확인을 한 김완이 결론을 내린 듯 지체 없이 석 팀장에게 지시를 했다.

"전무님! 여기……."

석 팀장이 휴대폰을 건넸다.

그리고 잠시 후 김완이 입을 열었다.

"아, 예, 안녕하셨습니까. 저 SK1의 김완입니다. 회장님께서 우리 회사의 여성시대 친구들에게 관심이 있다는 말을 들었습니다."

김완은 평소와는 전혀 다르게 지극히 딱딱한 사무적인 어투로 통화를 이어 나갔다.

"알겠습니다. 오해였다니 다행이군요."

"……!"

"전화 드린 김에 한 말씀 드리겠습니다. 우리 회사 소속 연예인들에게 관심이 있으시면 정상적인 루트를 통해 주시기 바랍니다. 다시 한 번 이런 불미스러운 일이 발생한다면 절대 좌시하지 않겠습니다."

"……."

"오리온쯤은 간단히 날려 버릴 수 있는 힘이 우리 회사에 있다는 것! 명심하시기 바랍니다."

"……!"

김완이 날카로운 얼음 조각을 씹어 뱉듯 서슴없이 쏘았다.

엔터테인먼트 회사 오리온.

이는 대한민국 내 넘버 쓰리에 위치한 회사였다.

하지만 그렇다곤 해도 SK1의 자금력이나 힘에 비교한다면 꿀릴 수밖에 없다.

그 점을 회의석상에 있는 이는 물론이고 김완과 통화 중인 곽 회장도 잘 아는 사실이리라.

하지만 그렇다고 이렇게 대놓고 말하기란 쉬운 일이 아니다.

—까불면 날려 버리겠다.

김완이 그 회사의 대장에게 이렇게 선포했다.

그것도 임원회의 석상에서 공개적으로!

엄청난 자신감이었고 살벌하기까지 했다.

하지만 정중환이나 신채린은 놀라지 않았다.

또 회의에 참석한 ㈜SK1의 임원들이나 부서장들도 당황하지 않았다.

이미 여러 차례 김완의 포스를 경험했기 때문이다.

비즈니스 세계에서 보여주는 김완의 또 다른 얼굴…….

어쩌면 이것이 김완의 본래 모습인지도 몰랐다.

“오리온 문제는 곽 회장이 오해라고 해명했으니 이 정도로 넘어가죠. 제가 알아듣도록 얘기했으니 앞으론 여성시대를 찝쩍대지 못 할 겁니다!”

김완이 석 팀장에게 휴대폰을 건네며 로봇처럼 말을 이어갔다.

“여성시대와 계약 기간이 이 년쯤 남았다고 하셨나요, 박 팀장님?”

“예예! 전무님.”

박 팀장이 김완의 서릿발 같은 포스에 긴장한 듯 말을 더듬었다.

“그 친구들 그동안 꽤 많은 수익을 올려줬죠?”

“아, 예. 물론입니다! 하지만 여성시대가 해외에서 워낙 인기가 있어서 앞으로도 엄청난 액수의…….”

“알겠습니다.”

박 팀장의 말이 길어지자 김완이 간단히 끊었다.

“그 친구들 원하는 대로 해주세요.”

"……!"

지금까지 ㈜SK1은 이런 식으로 경영되어 왔다.

어떤 사안을 팀장이 결정하지 못하면 팀장회의에서 붙여졌고 거기서도 결정을 하지 못하면 임원회의에 상정을 했다.

결국 사주인 신채린과 김완이 최종 결정을 내렸고!

신채린은 전혀 관심이 없었고, 김완이 끝을 냈다.

신충이들 말대로 대한민국 엔터테인먼트 회사들의 본좌인 ㈜SK1의 실질적인 주인은 김완이었다.

"단, 향후 이 년 동안 여성시대를 TV 라디오 인터넷 포털사이트 등 모든 매스미디어에 노출되지 않게 하십시오. 국내는 팀장님들이 책임지세요. 일본이나 중국 등 해외는 제가 막겠습니다."

"……!"

다른 연예기획 회사로 이적하는 길을 원천 봉쇄하고 방송 같은 모든 매스미디어의 노출을 막는다?

김완의 이 결정은 연예인들에게 가장 가혹한 형벌이었다.

"여성시대는 우리 회사에 입사하기 전에는 대중음악 학원에서 음악 공부를 하던 평범한 학생들이었습니다. 그런 친구들을 우리 회사에서 스카웃해 막대한 자금을 투자해서

트레이닝시켰고, 지금의 여성시대로 만들었습니다. 덕분에 우리 회사도 많은 수익을 얻었고, 그들도 꽤 많은 돈을 벌었습니다."

김완이 재판정의 주심 판사처럼 판결의 정당성을 역설했다.

"한데, 이제 좀 인기가 있고 돈을 벌었다 해서 신의를 저버리겠다면 간단합니다. 처음으로 다시 돌아가면 됩니다. 여성시대 친구들은 예전에 음악 공부하던 학생으로 우리 회사는 우리 회사대로. 그래야 공평합니다."

"……!"

누군가 연예인은 아침에 피었다가 저녁에 지는 나팔꽃 같은 인생이라고 했다.

인기의 허무함을 뜻하는 말이다.

특히, 노래 실력보다 댄스 같은 퍼포먼스로 인기를 유지하는 걸그룹은 그 정도가 심했다.

일본 중국 등 해외는 말할 것도 없이 우리나라에서만도 한 달이면 십여 개의 걸그룹이 쏟아져 나왔다.

여성시대가 아무리 K—POP의 대명사라고 불릴 만큼 엄청난 인기몰이를 한다 해도 그저 반짝이에 불과했다.

이런 상황에서 앞으로 이 년 동안 매스미디어에 노출되지 않는다면 여성시대는 아주 쉽게 묻혀 버린다. 게다가 소속사마저 없다면?

김완의 말대로 처음 학원에서 음악 공부를 하던 가수 지망생으로 돌아갈 수밖에 없었다.

김완이 여성시대에게 사형을 선고했다.

"전무님 의견에 이의 있으신 분 계십니까?"

정중환이 임원들을 둘러보며 무미건조하게 물었다.

아주 형식적인 질문이었다.

지금 여성시대 안건을 상정한 박 팀장을 비롯해 이 회의에 참석한 팀장들은 ㈜SK1에 약간의 지분을 갖고 있는 임원들이었지만, 월급쟁이가 분명했다.

그에 반해 김완은 ㈜SK1의 창업자로서 40%이상의 지분을 갖고 있는 대주주였다.

또한 ㈜SK1의 임직원들에게 일정액의 보수를 주면서 일을 시키고 있는 상사요, 사주이기도 했다.

당연히 ㈜SK1에서 김완의 말은 곧 법이었다.

"그럼 여성시대 건은 김완 전무님 말씀대로 결정하겠습니다."

땅땅땅!

정중환이 국회의장 같은 카리스마를 풍기며 여성시대의 숨통을 끊는 의사봉을 두드렸다.

이어 천천히 신채린을 쳐다봤다.

"말씀하시죠, 사장님!"

"……!"

정중환이 신채린에게 발언권을 돌리자 회의실에 있던 모든 사람들이 이미 여성시대 건은 잊어버린 듯 일제히 신채린을 주목했다.

"흐음!"

신채린이 짧은 한숨을 토하며 노트북 컴퓨터를 켰다.

"신채린이에요! 오랜만에 뵙네요."

짝짝짝짝!

신채린이 까칠한 성격대로 짧게 인사를 하자 신동국 이사 등이 미소를 띠며 힘차게 박수를 쳤다.

역시 신채린이 ㈜SK1에서 차지하는 비중은 대단했다.

임원들과 부서장들이 신채린에게 보내는 박수는 아까 정중환에게 보냈던 박수와는 격이 달랐다.

토종과 외래종의 차이였다.

신채린은 김완과 함께 ㈜SK1을 설립한 창업자였다.

이어 ENG 카메라가 신채린을 클로즈업했다.

"성함이……?"

신채린이 신경이 쓰이는 듯 얼굴을 찌푸리며 카메라맨의 이름을 물었다.

"옛! 총무팀 홍보부 나형석 대립니다."

카메라맨이 씩씩하게 대답했다.

"잘됐군요, 나 대리! 난 카메라라면 지겨우니까 TV 좋아하시는 총무팀장이나 홍보 부장님 좀 많이 찍어 드리세요."

"핫핫핫핫! 호호호!"

신채린이 방송에 자주 출연할 것을 조언해 왔던 신동국 이사와 정태희 홍보부장을 빗대어 조크를 던졌다.

"우리나라에 연예인이 저 하나밖에 없나요?"

신채린이 긴 머리를 쓸어 올리며 특유의 차가운 음성으로 뜬금포를 쏘았다.

"예! 얼마 전에 아카데미 쓰나미가 상륙해 우리나라 연예인들이 싹 쓸어갔습니다. 사장님 혼자만 살아남았죠!"

"아하하하! 껄껄껄!"

김완의 능청스러운 대답에 팀장들과 부서장들이 폭소를 터뜨렸다.

아카데미 쓰나미!

김완의 농담처럼 던진 말이었지만, 아주 적절한 표현이었다.

신채린의 아카데미 입성 실패로 발발됐던 한미 문화전쟁은 하와이에서 귀국한 신채린이 기자 회견을 하면서 간단히 끝났다.

하지만 신채린이 귀국해서 기자 회견을 열기 전까지 우

리나라 각 언론매체들은 신채린에 관한 기사를 그야말로 미친 듯이 쏟아냈다.

오죽했으면 다른 연예인들은 죽었는지 살았는지 생사조차 확인되지 안 된다는 유머가 생겼을까?

"지난번 기자 회견에서 그토록 열심히 해명을 했는데 왜 계속 소설을 쓰는 거죠? 속보니 특종이니 하면서……."

"죄송합니다, 사장님! 모두 제 불찰입니다."

신채린이 짜증스럽게 말을 뱉자 ㈜SK1의 자금, 인사, 행정, 홍보업무를 총괄하는 총무팀장인 신동국 이사가 얼굴을 붉히며 고개를 숙였다.

신동국 이사가 사과할 일은 아니었다.

굳이 책임 소재를 따지자면 우리나라 국민들이었다.

언제부턴가 신채린과 김완은 대한민국 국민들에게 아카데미 쓰나미나 왕중왕전 우승 같은 지구촌을 뒤흔들 만큼 엄청난 초대형 떡밥을 끝없이 공급해 주는 뉴스 공장이 됐다.

당연히 국민들 대다수는 늘 두 사람의 일거수일투족을 궁금해 했다.

연예란에는 신채린이, 스포츠란에는 김완이 실리지 않으면 뉴스가 되지 않았다.

더욱이 신채린은 신우그룹 총수의 막내딸로 서울대 MBA

출신이었고, 중국 인구와 버금가는 팬덤을 거느린 세계적인 여배우였다.

대중들의 호기심을 자극하는 모든 조건을 완벽하게 갖추고 있었다.

신채린에 관한 뉴스는 곧 돈이었다.

결국 기자들은 시든 소설이든 신채린에 관해 쓸 수밖에 없었다.

"사실, 제 일신상의 문제를 이런 회의석상에서 거론한다는 것 자체가 코미디예요. 근데 제 문제가 제 선에서 끝나는 것이 아니라 우리 회사와 신우그룹까지 뒤집어 놓았다니 어쩔 수가 없네요. 이 자리에서 다시 한 번 저에 관한 루머들을 명백히 밝히겠어요."

신채린이 신동국 이사를 힐끗 쳐다보며 말을 이어갔다.

"신 이사님은 제 얘기를 잘 메모하셨다가 언론에 알려주세요. 원한다면 또다시 기자 회견을 할 용의도 있어요."

"알겠습니다, 사장님!"

신채린이 연예계에 입문한 지 올해로 꼭 십 년째였다.

기자가 작가와 똑같은 일을 하고 있다는 것을 잘 알았다.

한데, 새삼스럽게 핏대를 세우는 것은 신채린이 가장 민감해 하는 문제가 터졌기 때문이었다.

"첫 번째 신채린 중병설에 관한 건데… 어때요? 여러분들이 보시기에 제가 내일모레 죽을 사람처럼 보이나요?"

"어허— 무슨 말씀을 그렇게 심하게 하십니까?"

"사장님이 우리보다 훨씬 건강하게 보이십니다."

신채린이 비릿한 미소를 띠며 질문 아닌 질문을 하자 신동국 이사 등이 펄쩍 뛰었다.

"그럼 이것으로 제가 죽을병에 걸리지 않았다는 것이 증명 됐군요."

"헛헛헛!"

임원들이 쓴웃음을 터뜨렸다.

"지난번 기자 회견에서는 대충 넘어갔는데, 제가 몸이 좋지 않았던 건 맞아요. LA에 갈 때부터 좀 이상했어요. 막 짜증이 나면서 잠이 오지 않고 누군가 자꾸 쫓아오는 것 같고… 뭔가 정신적으로 문제가 있었어요."

"오오오—"

신채린이 스스로 정신 질환을 앓았다는 것을 밝히자 임원들이 신음을 토했다.

그 옛날 데자뷰가 떠올랐다.

우울증이 원인되어 일어난 영화배우 신채린 자살 미수 사건!

"다행히 전무님과 함께 하와이에서 푹 쉬면서 머리가 상쾌해졌어요. 몸도 아주 가벼워졌고!"

"어이구! 천만다행입니다."

"더, 더 쉬셔야 되는 거 아닙니까, 사장님?"

"후후후… 제가 죽을병에 걸렸다는 소문은 이 정도로 해명할게요."

임원들이 이구동성으로 걱정을 하자 신채린이 십억 명의 신충이들을 탄생시킨 특유의 해맑은 웃음을 날리며 대답을 대신했다.

"다음은 여러분이 가장 궁금해 하시는 신우그룹 차기 총수 건에 대해 말씀드릴게요."

신우그룹 차기 총수 건!

얼음공주 신채린이 오늘 임원회의 석상에서 자신의 신상 문제를 거론하는 것은 바로 이 건을 확실히 하기 위해서였다.

신채린에게 신우그룹은 스토커 같은 존재였다.

태어나서부터 지금까지 끝없이 쫓아다니며 괴롭힌…….

꿀꺽!

신우그룹 총수라는 말이 신채린의 입에서 떨어지자 신동국 이사가 긴장한 듯 마른침을 삼켰다.

만약 신채린이 신우그룹의 차기 총수가 된다면?

신채린의 수족인 신동국 이사나 장 부장의 팔자는 많이 바뀔 것이다.

㈜SK1 임직원들의 신상에도 직간접적으로 영향을 미칠 것이고!

신우그룹은 전 세계 경제인들이 인정하는 초일류 기업집단이었다.

신채린이 신우그룹의 차기 총수가 될 수도 있다는 말은, 지난 전국 경제인 연합회 회장단 회의에서 신채린의 아버지인 신동수 회장이 농담처럼 던졌다.

그 말이 빛의 속도로 퍼지면서 종내는 나비효과를 발휘해 신우그룹이 관련된 모든 기업체들, 심지어 이곳 ㈜SK1까지 몸살을 앓았다.

"결론부터 말씀드리면 저는 신우그룹이 관련된 어떤 기업에서 어떤 직위도 맡지 않을 거예요."

"으음— 아아……!"

신채린이 신우그룹과 무관함을 밝히자 여기저기서 아쉬움인지 훈련함인지 모를 탄성이 터져 나왔다.

"아니, 능력이 없어서 못 한다고 말씀 드리는 게 더 정확하겠네요. 많은 분들이 제가 서울대에서 경영학을 전공했다는 것에 주목하시는데, 착각입니다. 전 경영학에 관심이 있거나 적성에 맞아서 공부한 게 아니에요. 아빠가 권해서 했을 뿐이죠."

신채린이 세계 원톱의 배우요, 신우그룹의 차기 총수로

거론될 만큼 성장했지만 여전히 어린 티가 났다.

자신도 모르게 아빠라는 말을 사용했다.

"또 어떤 분들은 전무님과 ㈜SK1을 설립한 것을 두고 마치 CEO로서의 검증을 받은 것처럼 말씀하시는데, 그것도 미스예요. 저는 단지 자본을 투자했을 뿐, 전무님과 신 이사님이 모든 일을 처리하셨어요. 그때나 지금이나 전 사업가가 아니라 배우예요."

"……!"

"대학에서 경영학 몇 년 공부했다고 해서 직업이 배우인 제가 경영이나 경제를 알면 얼마나 알겠어요?"

이렇게 솔직한 점.

신채린의 최대 장점이었다.

"뜬금없이 신우그룹 차기 총수설이 터져서 우리 회사 임직원들이나 신우 쪽 관계자 분들의 상심이 컸을 거예요. 재삼 말씀드리지만 저는 신우그룹 경영 쪽에는 관여할 마음도 없고, 능력도 없습니다."

신채린이 신동수 회장이 흘린 신우그룹 차기 총수 건에 대해 자신의 의견을 명확히 밝혔다.

하지만, 신채린은 아버지인 신동수 회장이 어떤 사람인지 전혀 몰랐다.

이미 신동수 회장은 일본에 있는 신우그룹 자회사들의

지분을 차근차근 정리하고 있었다.

천재지변이 없는 한 다음 대 신우그룹의 총수는 신채린이었다.

"다음은 아카데미 영화제에 관한 건데, 지난번 기자 회견에서도 여러 번 말씀 드렸어요. 저는 계속해서 아카데미 영화제에 도전할 거예요. 열 번이고 백 번이고! 제 사전에 포기란 말은 없어요."

짝짝짝짝!

회의실에 모여 있던 임원들과 부서장들이 신채린의 굳은 의지에 진심 어린 박수를 보냈다.

"그리고 많은 분들이 제 결혼 문제를 궁금해 하시던데… 이 문제도 기회 있을 때마다 지겹도록 밝혔어요. 어떤 기자는 아예 제가 중병에 걸려서 전무님과 헤어졌다고 썼더군요. 기가 막혀서!"

"아니, 어떤 기자가 그렇게 훌륭하신 말씀을… 악!"

"큭큭큭! 하하하핫!"

김완이 너스레를 떨자 신채린이 김완의 옆구리를 힘껏 꼬집었다.

"인터넷 사이트에 들어가 제 이름을 치고 연관 검색어를 훑어보니까 김완 마누라라는 어휘가 나오더군요. 이 말이 정확한 답이에요."

신채린이 눈을 빛내며 말할 때 다시 김완이 고개를 갸우뚱했다.

"사장님과 저는 많이 다르네요. 내 연관 검색어에는 신채린 남편이나 신랑이란 말은 없고, 신채린 양아치, 신채린 빈대, 신짱 도둑놈, 신짱 개새끼 등등이 쫘악 떠 있던데요?"

"까르르르! 껄껄껄껄!"

이번에는 신채린까지 뒤집어졌다.

"그 외에도 저에 관한 루머가 한 백 가지쯤 더 있는데, 이것들을 모두 해명하려면 밤을 새워야 할 것 같으니까 이 정도에서 마칠게요."

신채린이 천천히 노트북 컴퓨터를 닫았다.

"이건 사족인데, 신우그룹 총괄부회장인 우리 큰오빠는 고등학교 때부터 회사에 나가 일을 배웠대요. 아빠한테 뺨까지 맞아가면서! 무려 삼십 년이 넘게 말이에요."

"……!"

"이런 사실을 참고하셔서 또 신우그룹 차기 총수가 어쩌니 하는 말들이 나오면 적극적으로 해명해 주시길 부탁드려요."

신채린이 한 말을 모두 끝낸 듯 테이블에서 한발 떨어져 앉았다.

"혹시, 사장님께 물어보실 말씀이나 건의사항 있으십

니까?"

정중환이 임원들을 돌아보며 말했다.

"지금 온라인에서는 사장님께서 팬클럽 대표들에게 보낸 초대장이 1억 원을 웃도는 금액에 거래되고 무료 콘서트 티켓 VIP석 같은 경우는 무려 1천만 원이 넘고 있습니다. 사자님께서도 이 사실을 알고 계신지요?"

법무팀장인 오택진 변호사가 심각하게 질문을 던졌다.

"네! 잘 알고 있어요."

"법적인 조치를 취할까요?"

신채린이 노타임으로 대답했고, 오택진 변호사가 추가 질문을 했다.

"신경 쓰실 필요 없어요. 이미 팀장님들께 밝혔듯이 제가 팬클럽 대표들을 점심식사에 초대하고 무료 콘서트를 여는 것은 그동안 팬들에게 너무 소홀했던 것 같아서 팬서비스 차원에서 한 일이에요."

"물론 사장님의 취지는 잘 알고 있습니다만, 암표가 횡행하면서 혹시……."

오 변호사가 천정부지로 치솟는 신채린이 보낸 초대장과 무료 콘서트 티켓의 암표 가격을 애기하면서 신채린의 이미지 훼손을 걱정했다.

"후후, 괜찮아요. 제가 보낸 초대장이나 콘서트 티켓을 팔고 사신 분들 모두가 제 팬들이잖아요? 많은 돈을 주고 구입하신 분은 그만큼 저를 좋아하신다는 뜻이겠고, 또 파신 분은 저 때문에 용돈이라도 버셨으니 더욱 아껴주시겠죠, 뭐!"

짝짝짝!

다시 한 번 회의실에 있던 임원들과 부서장들이 힘차게 박수를 쳤다.

까칠하기 그지없던 얼음공주의 달라진 모습에 보내는 박수였다.

"아! 그리고 잊어버릴 뻔했는데… 앞으로 좀 더 성숙한 연예인이 되고자 하는 각오를 다지는 뜻에서 ㈜SK1의 사장직에서 물러나겠습니다."

"아, 아니 지금 무슨 말씀을 하시는 겁니까, 사장님!"

"사장님께서 사임을 하시다니요?"

"그건 절대 안 됩니다, 사장님!"

㈜SK1의 사장직을 사퇴하겠다는 신채린의 뜻밖의 발언에 신동국 이사 등이 충격을 받은 듯 일제히 목청을 높였다.

임원들이 목청을 높일 만도 했다.

신채린은 창업자이자 간판스타로, ㈜SK1이 대한민국 으뜸의 언테테인먼트 회사가 되기까지 절대적인 공을 세웠기 때문이다.

“아까도 말씀드렸지만 저는 경영자가 아니라 배우예요. 올해 ㈜SK1이 대한민국 톱에 올랐어요. 저 같은 허접한 사장이 아니라 샤프한 경영자가 필요해요. 또 제가 경영진에서 물러났다고 일까지 게을리하겠다는 뜻은 아니에요. 앞으로도 ㈜SK1 소속 배우로서 더욱 열심히 일하겠어요.”

“이거야 험험…….”

신동국 이사 등이 헛기침을 할 뿐 더 이상 신채린을 만류하지 못했다.

김완이 침묵을 지키는 것으로 미루어 이미 상의가 끝난 것 같았기 때문이다.

“말씀 다 하셨습니까, 사장님?”

“네에! 끝났습니다.”

정중환의 질문에 신채린이 고개를 끄덕였다.

“앞으로 또다시 사장님에 관한 루머가 돌지 않도록 임원들께서는 확실하게 조치를 취해 주시기 바랍니다.”

정중환이 신동국 이사등을 돌아보며 신채린의 발언을 마무리 지었고 천천히 김완을 쳐다봤다.

“전무이사 김완입니다.”

“…….”

김완이 입을 열자 신채린의 사장직 사퇴 때문에 어수선

했던 회의실이 거짓말처럼 조용해졌다.

오늘의 하이라이트.

㈜SK1는 항상 그해 마지막 이사회에서 팀장급 이상 임원들의 인사를 발표했다.

"먼저 오늘 사임하신 회장님과 사장님의 앞날에 늘 행운이 깃들기를 기원하겠습니다. 그동안의 노고에 감사드리는 뜻에서 두 분께 우리 ㈜SK1에서 주관하는 신채린 단독 무료 콘서트를 관람하실 수 있는 VIP석 티켓 열 장씩 드리겠습니다."

"와하하하! 까르르르!"

김완의 농담에 정중환과 신채린 등 회의에 참석했던 모든 사람들이 폭소를 터뜨렸다.

골프 황제 김완도 멋있었지만 이렇게 적당히 농담을 던지면 회의를 이끌어가는 경영자로써의 김완도 꽤나 매력적이었다.

"뭐, VIP석 티켓 한 장 값이 천만 원이 넘게 거래가 된다니 전별금으로 충분할 듯싶군요!"

"껄껄껄! 핫핫핫!"

이어지는 김완의 너스레에 임원들이 뒤집어졌다.

"너무 섭섭해 하지 마십시오. 앞으로 정 회장님은 TV 뉴스에서 뵈면 될 테고, 사장님은 주위가 안정되는 대로 곧

복귀하실 겁니다."

"오―"

김완이 신채린의 사임 기간이 얼마 가지 않을 것이라는 것을 암시하자 신동국 이사 등이 안도의 한숨을 쉬었다.

"그런 의미에서 사장직은 공석으로 두겠습니다. 또 사장님께서 사용하시던 방도 계속해서 사용하실 수 있도록 하겠습니다."

"……."

"회사 관뒀으면 당장 방 빼! 하고 소리 지르고 싶은데… 이 건물 주인이 사장님이시더라구요."

"와하하하하하하―!"

한참 동안, 아주 한참 동안 회의실에 웃음의 파도가 일렁였다.

"그럼 전례대로 이 자리에서 우리 ㈜SK1의 임원 인사를 발표하겠습니다. 먼저 대표이사 겸 회장은 제가 맡기로 했습니다."

"……."

임직원들이 이미 짐작을 한 듯 조용히 고개를 주억거렸다.

누구라도 예측할 수 있었다.

대주주인 정중환과 신채린이 빠진 상황에서 대표이사를

맡을 사람은 김완밖에 없었다.

"사실, 회장님이나 사장님보다 제가 먼저 경영진에서 사임해야 될 상황입니다. 아시다시피 저는 주업이 프로 골퍼고, 여기저기 벌려놓은 사업체가 많으니까요. 하지만 두 분이 사임하신 지금 저까지 물러난다면 실질적으로 책임질 사람이 없어집니다. 곧 조직이 흔들리게 되죠!"

김완이 최고경영자다운 포스를 풍기며 발언을 이어갔다.

"늘 말씀 드렸습니다만, 우리 회사에서 하는 모든 일의 최종 책임은 제가 집니다. 욕먹을 일이 있으면 제가 먹을 것이고, 교도소 갈 일이 있으면 제가 가겠습니다. 여러분은 앞뒤 걱정하지 마시고 소신껏 일하시기 바랍니다."

짝짝짝짝!

정중환과 신채린을 비롯한 회의실에 있던 모든 임직원들이 힘차게 박수를 쳤다.

누구도 흉내 낼 수 없는 김완 특유의 카리스마였다.

"신임 전무이사님으로 신동국 총무팀장님을 모셨습니다."

"허어어— 참……!"

짝짝짝!

뒤이어 김완이 신동국 이사의 승진을 발표했고 신동국 이사가 겸연쩍은 듯 얼굴이 벌개진 채 일어서서 정중하게 고개를 숙였다.

고졸 신화!

세상에서 가장 빡센 직업 중 하나라는 로드 매니저로 출발해 대한민국 최고의 엔터테인먼트 회사인 ㈜SK1의 넘버 투가 되는 순간이었다.

"그리고 후임 총무팀장에 정태희 현 홍보부장님!"

"감사합니다. 혼신을 다해 일하겠습니다."

"또 신임 경호경비팀장에 우리 장림하 경비부장님!"

신채린의 매니저인 장 부장이 부서장들이 배석한 의자에서 조용히 일어나 고개를 숙였다.

"참고로 현 경호경비팀을 맡고 계신 석 팀장님은 ㈜멕사코(MEXAKO)의 관리본부장님으로 미국 뉴욕으로 가시게 됐습니다."

"오오오!"

김완이 석 팀장이 ㈜멕사코의 관리본부장으로 간다는 말이 떨어지자 임원들과 부서장들이 탄성을 질렀다.

㈜멕사코는 멕시코 만에서 초대박을 터뜨린 석유회사로서 김완이 90%의 지분을 갖고 있었다.

세계 제일의 도시 뉴욕에 본사가 있는 대형 석유회사에 근무한다는 것은 많은 샐러리맨들의 로망이었다.

"다음에 뉴욕에서 뵙겠습니다."

석 팀장이 자리에서 일어나 정중하게 허리를 접었다.

이처럼 김완은 위대한 골퍼이기도 했지만, 노련한 사업가이기도 했다.

정중환과 석 팀장의 불편한 관계를 눈치채고 일찌감치 교통정리를 했던 것이다.

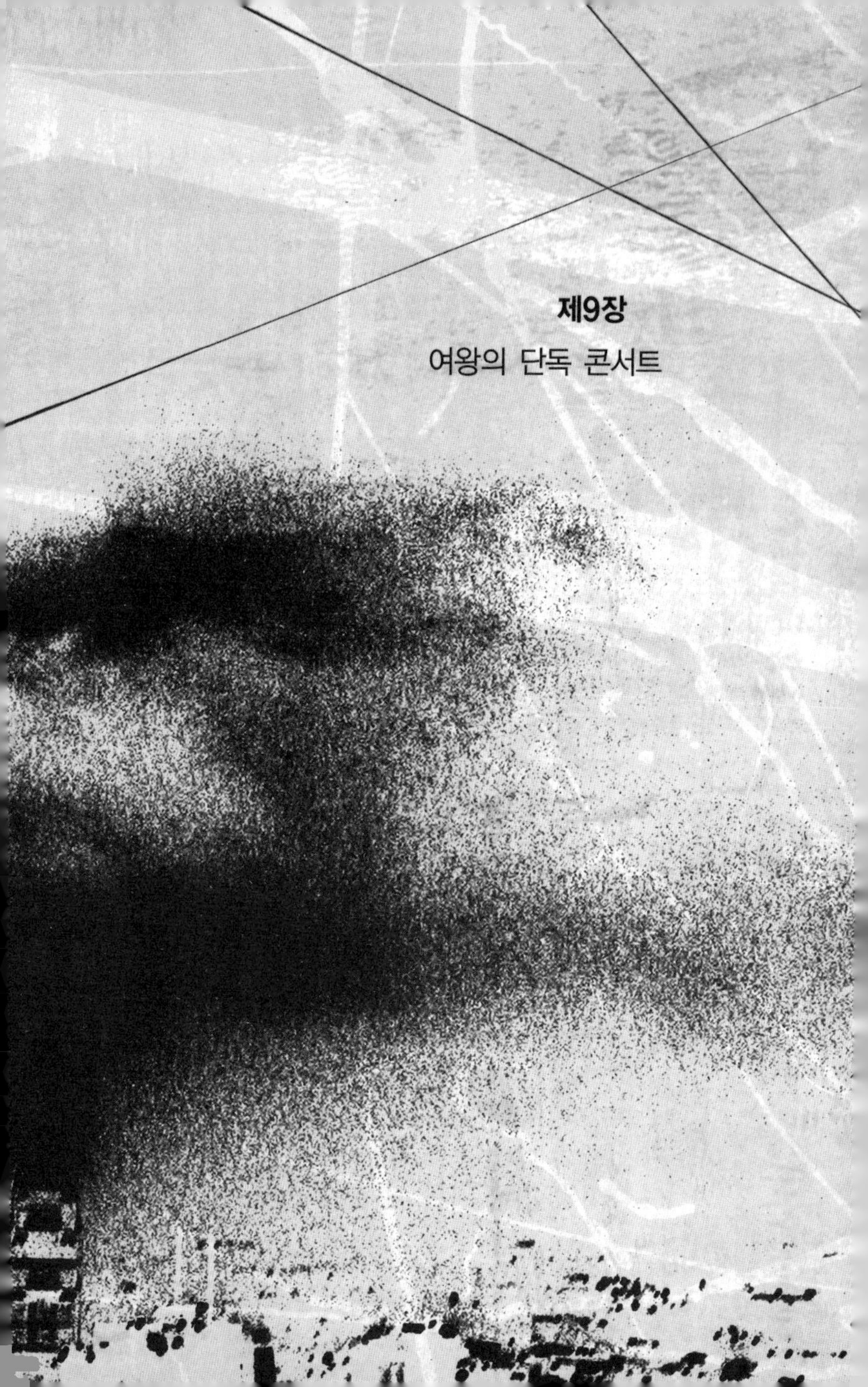

제9장

여왕의 단독 콘서트

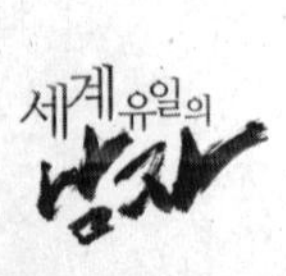
세계 유일의
남자

하늘나라 소녀! 하늘나라 소녀!

you are so beautiful love…….

예쁜 스마트 폰에서 신채린이 부른 노래, 하늘나라 소녀가 흘러나왔다.

"you are so beautiful love……."

신채린이 가볍게 손을 흔들며 노래를 따라 불렀다.

―서울패 33기의 하늘나라 소녀였습니다.

—정말 좋은 노래입니다. 올 하반기 대한민국을 강타한 그야말로 화제의 곡이죠!

—지난가을 서울대 축제 때 서울패 33기가 연주해 대박을 쳤습니다. 지금까지도 각종 가요 순위 프로와 음원 차트를 올 킬 하고 있으니까요.

뒤이어, 여자 DJ와 게스트의 목소리가 나왔다.

—어떤가요? 이준수 씨! 이 하늘나라 소녀는 자그마치 육년 전에 불렀던 노래를 락 버전으로 편곡해서 다시 불렀잖아요? 어떻게 보면 아주 옛날 노래인데 이토록 인기를 끄는 이유가 뭘까요?

—첫 번째 이유는 뭐니 뭐니 해도 곡이 좋기 때문입니다. 멜로디가 아주 신선하고 매끄럽거든요. 사실 편곡이라고는 하지만 거의 작곡 수준입니다. 제목과 가사를 제외하고는 싹 뜯어 고쳤으니까요.

—정말 그렇더군요! 해변가요제에서 불렀던 하늘나라 소녀를 들어봤는데 전혀 다른 노래 같았어요. 그럼… 두 번째 이유는 뭐죠?

—서울패 33기의 멤버들 때문입니다. 호화를 넘어 사치의 극을 달리는 조합이거든요.

—호호호! 호화를 넘어 사치의 극을 달리는 멤버들이라구요?

—예! 먼저 이 곡을 작사 작곡했고 편곡한 분이 세계적인 바이올리니스트인 한희라 씨입니다. 영국왕실음대 교수로 웬만한 음악 팬들은 다 아는 유명한 분이죠.

—맞습니다! 제가 한희라 빠순이에요. 세계 삼대 콩쿠르를 휩쓴 엄청난 분이시니까요!

—하하하! 거기에 골프 황제 김완 씨가 건반과 하모니카 그리고 코러스를 맡았습니다. 굳이 김완 씨는 이 자리에서 거론하지 않겠습니다. 지금도 포털 사이트의 메인 기사로 떠 있는 분이니까요.

—화아— 그러고 보니 무시무시한 멤버들이네요. 한희라 씨에 김완 씨에! 기타리스트인 허철 씨나 드러머인 오동구 씨도 알아주는 뮤지션이라고 하던데…….

—그렇습니다. 허철 씨는 오래전부터 유명 가수들의 음반 작업에 참여하고 있는 뛰어난 섹션맨입니다. 드러머인 오동구 씨는 미국의 음반회사에서 알바를 해 생활비를 벌었다는 말을 들었습니다. 미국 음반회사에서 고용할 정도의 드러머라면 실력이 어느 정도인지 대강 감이 잡히실 겁니다. 결정적으로, 이 노래는 세계 최고의 배우 신채린 씨가 불렀다는 거죠!

—호호호! 더 이상 설명이 필요 없겠네요. 우리나라에서 신채린이란 이름은 세종대왕님과 버금가니 말이에요.

—아하하……. 사실 그동안 신채린 씨의 가창력은 배우로서의 명성에 가려져 있었습니다.

—저도 깜짝 놀랐어요. 많은 분들이 신채린 씨를 멀티 엔터테이너라고 하더니 그 말이 확실하더군요. 깨끗하면서도 차가운 목소리가 하이노트로 치고 올라가는데 소름이 쫘악!

—그렇습니다. 정말 싫어하려야 싫어할 수 없는 천재적인 아티스트입니다. 신채린 씨가 보컬을 맡았다는 것 자체만으로도 하늘나라 소녀는…….

쿡!

다이아몬드 반지를 낀 손이 스마트 폰을 껐다.

"왜애애?"

화려한 와인색 드레스를 걸 친 신채린이 고급 가죽 소파에 앉아 스태프들에게 메이크업을 받으며 코맹맹이 소리를 냈다.

"시끄러워!"

김완이 스마트 폰을 들고 퉁명스럽게 대답했다.

"아잉, 빨랑 틀어 줘! 한참 재미있는데 씨이……."

신채린이 귀엽게 투정을 부렸다.

"재미있긴 뭐가 재미있어. 뻔한 스토리잖아, 임마! 다음 순서는 내가 부른 이별하고 비교질할 거 아냐? 하늘나라 소녀에 비해 어쩌구저쩌구……."

김완이 짜증스럽게 스마트 폰을 신채린에게 던지며 몸을 돌렸다.

"히히히, 삐졌구나? 여보야가 부른 이별이 내가 부른 노래들에게 밀려서 삐진 거지? 그치?"

"이 바보가 뭔 소리를 하는 거야? 이별, 두 음원이 출시된 첫날은 잘나갔어. 신충이들이 몰려들면서 개판이 됐지만!"

김완이 다시 몸을 돌려 신채린을 째려보며 말을 받았다.

미국 LA발 아카데미 쓰나미가 한국에 상륙하기 한 달 전.

서울패 33기 레전드 공연이 있었던 날!

서울대학교에서 그 전조 현상이 나타났다.

경찰 추산 백만 명이라는 어마어마한 인간 해일이 서울대를 덮쳤다.

재미있는 것은, 그날 그 무대에서 신채린이 부른 하늘나라 소녀부터 사랑보다 깊은 상처 등 여섯 곡의 노래가 음원이 출시되는 동시에 각종 음원차트와 가요순위 프로를 올킬했다는 사실이다.

신곡도 아니고 리메이크를 한 옛날 노래들이 현재까지도

차트를 점령하고 있었다.

모두 신채린의 팬들, 신충이들이 각 방송사와 음원차트에 새까맣게 달라붙어 집중포화를 퍼부은 덕분이었다.

덕분에 신인가수(?) 김완이 데뷔곡으로 불렀던 〈이별〉은 음원 차트에 딱 한 번 7위에 이름을 올린 후 행방불명됐다.

지금 김완이 신채린에게 툴툴거리는 이유였다.

"깔깔깔! 토마토 차트 7위에 있다가 다음 날 사라진 것도 잘나간 거야?"

신채린이 깔깔댔다.

"그 정도면 잘나간 거지! 나 같은 무명가수가 부른 노래가 아이돌들이 득실대고 천하의 신짱까지 출현한 날, 음원 차트 탑 텐들에 올랐다는 건 굉장한 거야."

"인정! 음원으로 들어보니까 이별이 꽤 매력 있더라구."

"신충이들 진짜 마음에 안 들어. 신짱이 음반을 낸 것도 아니고 모교 축제 때 잠깐 부른 노래를 방송사까지 쫓아와 융단폭격을 해?"

"히히! 그만큼 내가 부른 노래를 좋아하는 거지 뭐."

"완전 불공평한 게임이야. 전 세계 신충이들이 한 번씩만 음원을 다운받아도 얼마야? 어후— 그냥 몇 억이야. 어떤 가수도 당할 재간이 없어!"

"좀 미안하긴 해. 한두 주면 몰라도 벌써 몇 달 동안이나 차트를 싹쓸이하니…….”

“그럼 임마 신충이들 빨리 철수시켜! 괜히 다른 가수들까지 피해를 보잖아?”

“호호호! 킥킥킥!”

김완이 연신 툴툴대자 신채린의 머리와 메이크업을 해주던 스태프들이 웃음을 터뜨렸다.

“야, 이 코디! 강 스타! 니들 그 웃음의 의미가 뭐야?”

“소속사 가수가 노래를 히트쳤다고 짜증내시는 게 이상해서요…….”

“어떻게 보면 사장님은 전무님 회사에 소속된 가수시잖아요?”

코디는 코디네이터, 스타는 스타일리스트를 줄여서 부르는 말이다.

이소영과 강선애는 신채린의 전담 스태프들이었다.

또 신충이들이기도 했다.

“말 되네! 소속사 가수가 노래를 히트쳤는데, 보너스는 주지 못할망정 화를 내시면 안 되죠, 전무님? 아니, 회장님.”

“미안유, 무명가수 다 그렇쥬, 뭐!”

“오호호호! 깔깔깔!”

신채린이 김완의 고향인 충청도 사투리로 능청을 떨자

김완이 오리지널 버전으로 대꾸했다.

그때, 지옥에서 막 뛰쳐나온 개 꽃님이가 김완을 툭툭 쳤다.

"넌 또 뭐야, 임마?"

김완이 빽 소리를 치자 꽃님이가 후다닥 신채린 쪽으로 도망쳤다.

"우쭈쭈쭈… 괜찮아, 꽃님아. 니네 선생님 자기 노래 못 떴다고 짜증나서 그래!"

신채린이 납작 엎드려 김완의 눈치를 보는 꽃님이를 쓰다듬어 주며 말했다.

이처럼 꽃님이가 세상에서 제일 좋아하는 사람은 신채린이었고, 제일 무서워하는 사람은 김완이었다.

김완은 꽃님이가 강아지 때부터 엄하게 교육을 시켜온 선생님이었다.

"꽃님이가 때때옷 입혀 달라고 그러는 거야. 은근 멋쟁이거든."

"또 꽃님이 옷 샀어?"

"응! 얼마나 무럭무럭 자라는지 몇 달 전에 입던 옷들이 모조리 작아."

"꽃님이가 아직도 큰단 말야? 다섯 살이나 됐는데?!"

"후후! 동물병원 의사도 신기해 하시더라고. 아직 성장판이 열려 있대. 전 세계 핏불테리어 중에서 꽃님이 덩치가 가장 클 거라며 막 웃으셨어!"

"그래? 이리 와봐, 꽃님아!"

김완이 골프채를 든 채 실내 저편에서 손짓하자 꽃님이가 총알처럼 튀어갔다.

그들이 있는 곳은, 보통 사람들은 구경조차 하기 힘든 화려한 사무실이었다.

발목까지 빠지는 최고급 양탄자가 깔려 있고, 소나무향이 물씬 풍기는 원목 책상과 물소 가죽으로 제작된 소파에 인조 잔디로 만든 골프 연습 그린까지!

고급 빌라를 그대로 옮겨 놓은 이곳은 다름 아닌, ㈜SK1의 사장실이었다.

신채린이 아끼는 공간이었다.

"이젠 지 주인하고 몸무게가 비슷하겠는데? 너무 무거워서 마음대로 안아주지도 못 하겠어."

김완이 인조 잔디로 만든 그린 위에서 꽃님이를 안으며 비틀거렸다.

"나도! 나도! 나도 안아줘, 여보야!"

신채린이 와인 빛깔의 드레스를 양손으로 부여잡은 채 짙은 장미향을 날리며 어린애처럼 뛰어갔다.

'우리 사장님은 누가 뭐래도 전무님하고 살아야 돼.'

'전무님만 계시면 얼음공주에서 다섯 살짜리 애교공주로 변한다니까!'

그런 두 사람을 본 이 코디와 강 스타가 서로 미소를 교환했다.

*　　*　　*

신채린과 시간을 보내고 있던 김완은 문득 얼마 전 일을 떠올리곤 말을 꺼냈다.

"며칠 전에 가수 환희 칼 맞은 거 알지?"

"웅! 인터넷에서 봤어."

"망상증을 앓고 있던 십대 소녀가 휘두른 칼에 당했다더라."

한 손에 골프채를 든 김완이 꽃님이에게 두툼한 가죽 옷을 입혀주는 신채린을 바라보며 나직하게 말을 이어갔다.

"외출할 때는 무조건 그 녀석하고 같이 나가. 절대 떼놓으면 안 돼!"

"떼어놓고 싶어도 꽃님이가 안 떨어져. 어느새 목줄을 물고 문 앞에 서서 꼬리를 치고 있는데 뭐."

신채린이 흐뭇한 얼굴로 꽃님이를 쓰다듬었다.

신채린은 사 년 전 모스크바에서 꽃님이가 얼마만큼 용

감하고 영리한 개인지 경험했다.

그때도 김완이 신채린에게 전화를 해 꽃님이를 꼭 데리고 레드카펫을 밟도록 당부했다.

김완은 신채린의 애인이기도 했지만 항상 그림자처럼 보살피는 최고의 경호원이요, 특급 매니저였다.

"여보야, 이따 세종문화회관에 올 거지?"

"세종문화회관? 거길 내가 왜 가? 대종상 시상식 한다며!"

"치이! 자기 마누라 상 받는데 꽃다발 하나도 안 들고 온단 말야?"

"나흘 전에 세 탕이나 뛰었잖아, 임마."

"그땐 그때고, 오늘은 오늘이지! 와. 응응? 여보야 안 오면 괜히 허전해."

신채린이 코맹맹이 소리를 하며 김완에게 매달렸다.

"어이구, 알았어. 갈게! 한데 벌써부터 짜증난다. 보나마나 신충이들이 광화문 네거리를 꽉 메우고 있을 텐데 거길 어떻게 뚫고 가냐?"

"그러네……."

신채린이 얼굴을 찌푸렸다.

서울시내에서 길이 막히면 둘 중 하나였다.

교통사고가 났거나 신채린이 떴거나!

신채린이 마트를 가기만 해도 어느새 신충이들이 벌 떼처럼 난입해 난장판을 만들었다.

김완이 걱정하는 것처럼 벌써부터 대종상 시상식이 열리는 세종문화회관 근처는 엄청난 인파들이 몰려들고 있었다.

그들 중 대부분은 레드카펫을 밟고 입장하는 신채린을 보기위해 전국 각처에서 상경한 신충이들이었다

"고맙습니다, 전무님, 사장님!"

전무이사로 승진한 신동국 이사가 인조 잔디로 만든 연습 그린 앞에서 깊숙이 허리를 접었다.

"신 이사님도 참! 새삼스럽게 왜 이러십니까?"

"그래! 삼촌도 전무이사 할 때 됐지 뭐. 우리 회사를 세운 창업공신이잖아?"

신채린은 공식 석상이 아닌 곳에서는 신동국 이사를 삼촌이라고 불렀다.

먼 일가였지만 아버지인 신동수 회장의 동생이 분명했다.

"전무이사 몇 년 하시다가 대표이사를 맡으세요."

"허어, 자꾸 민망하신 말씀을……."

"민망할거 없습니다. 초창기였으니까 회사 홍보 차원에서 저나 리나가 얼굴 마담으로 임원을 맡고 있었던 겁니다.

이젠 신 이사님이 대표이사를 맡아도 충분합니다."

"삼촌은 자꾸 학벌 때문에 쭈뼛거리는데 그게 뭔 상관이야? 삼촌은 실적이 있잖아? 신채린이라는 배우를 키워냈고 ㈜SK1을 우리나라 일등 회사로 만들었어."

"아무튼 고맙습니다. 제 평생에 가장 잘한 일이 두 분과 인연을 맺은 것! 그 일 같습니다."

신동국 이사가 김완과 신채린의 치사를 더 이상 듣기 거북한지 말을 끊으며 다시 한 번 정중하게 허리를 숙였다.

김완과 신채린이 절대적으로 신용하는 사람.

신동국 이사는 신채린이 대원외고 1학년 때 로드 매니저를 맡았다.

하지만 자식뻘인 신채린이나 김완에게 한 번도 하대를 한 적이 없었다.

신채린은 자신에게 보수를 주는 상사고, 김완은 그 상사의 친구기에 당연히 존대를 해야 한다.

보통 사람에게서는 좀처럼 찾을 수 없는 특이한 마인드를 갖고 있었다.

어떻게 생각하면 미련한 사고방식이었다.

그렇게 모신 두 명의 어린 상사가 십 년이 지난 오늘 세계 최고의 스타가 되어 신동국 이사에게 엄청난 돈과 권력을 쥐어주었다.

"아가씨! 출발하실 시간입니다."

장 부장이 다가오며 조용히 입을 열었다.

"응, 가!"

신채린이 경쾌하게 대답했다.

"단독 콘서트 큐시트가 정리된 모양입니다. 잠깐 검토하시고 나가시죠, 사장님!"

신동국 이사가 서류철을 든 채 소파 근처에 서 있는 공연기획 사업부 팀장인 원종대 이사 등을 가리키며 말했다.

"큐시트가 벌써 나왔어?"

신채린이 반색했다.

"예! 제가 좀 살펴봤는데 별 문제는 없었습니다."

신동국 이사가 고개를 주억거렸다.

"전무님도 보시죠!"

"사장님과 팀장님들께서 열심히 검토하시기 바랍니다. 전 체육회로 가야 합니다."

"자꾸 비협조적으로 나올래? 나 그럼 또 스트레스 받고 아플 거다?"

신채린이 한쪽 발을 빼는 김완을 협박했다.

"알았어, 알았어! 우리 세계적인 가수 신채린님의 단독 콘서트가 얼마나 화려하게 진행되지는 보자고."

김완이 너스레를 떨며 잽싸게 넓은 소파 쪽으로 걸어갔다.

큐시트!

TV 프로그램이나 공연 행사 등의 진행표를 말한다.

맨 처음 라디오에서 사용했던 어휘로써 시간을 분 단위 초 단위로 세부적으로 쪼개어 각 타임에 따라 해야 할 일을 세세히 기록한 일종의 계획표였다.

통일된 양식은 없었고, 누구든 쉽게 알아볼 수 있도록 일목요연하게 기록하는 것이 포인트다.

"화아—! 코러스가 남녀 다섯에 기타가 세 명이나 돼?!"

김완이 가죽 소파에 앉아 A4 용지로 작성된 두툼한 서류철을 살펴보며 감탄사를 연발했다.

"트럼펫 트럼본 등 금관악기가 네 개, 바이올린 등 현악기가 다섯 개라……. 죽여주네! 섹션만 스무 명이 넘잖아? 완전 오케스트라 수준이군!"

"무료 콘서트라고 대충했다는 뒷담화는 듣고 싶지 않아. 이왕 할 거 화려하게 공연하고 싶어."

"잘 생각했어. 공연 끝나면 보나마다 또 신충이들이 스페셜 앨범 내놓으라고 난리를 피울 텐데 음향이나 조명이 구리면 안 되지!"

"전무님 말씀 그대로입니다. 스페셜 앨범을 발매하면 사장님 단독 콘서트 비용 수십 배는 간단히 나옵니다."

원종대 팀장이 맞장구를 쳤다.

"이번 공연은 돈 벌자고 하는 게 아니에요, 원 팀장님!"

"뭐, 그렇다는 말입니다. 허허헛!"

신채린이 기획한 무료 콘서트.

콘서트에 들어가는 모든 비용은 ㈜SK1에서 지불하는 것이 아니라 신채린 개인이 부담했다.

말이 좋아 무료 콘서트지, 지금 큐시트에 나온 대로라면 단 일 회 공연이라 하더라도 그 비용이 억 단위를 쉽게 넘었다.

신채린은 올해 ㈜SK1에서 받는 모든 배당액을 쓸어 넣을 결심이있다.

"원 팀장님! 여기 일렉 기타에 허철을 넣으세요."

"허철 씨요? 알겠습니다."

"어머, 철이를 잊었고 있었네."

"너 공연하는데 그놈 빼면 즉각 자살한다. 철이 놈이 너를 얼마나 짝사랑했는데."

"미안해, 철아! 누나가 철이 없어서 실수했어."

"자식!"

김완의 미소를 띠며 큐시트를 훑어보다가 갑자기 눈이 축구공만큼 커졌다.

"이거 오타죠, 원 팀장님. MC에 김완이라고 쓴 거 이거요."

"사장님께서 지시한 사항입니다, 전무님!"

원 팀장이 의미심장한 미소를 띠며 씩씩하게 대답했다.

"나더러 사회를 맡으라는 거야? 난 개그맨이나 코미디언이 아니라 프로골퍼야, 리나야."

"여보야 말 재미있게 하잖아. 친구들이나 선배들 결혼식 사회도 여러 번 봐줬고."

"엄청난 착각을 한다! 결혼식 사회 같은 건 아마추어 촉새면 다 하는 거야. 리나 콘서트는 세계적으로 주목을 받는 엄청난 행사고. 프로 중 프로가 와서 사회를 맡아도 실수할 법한 상황이야."

김완이 펄펄 뛰었다.

"전무님도 여러 가지 면에서 적임자입니다. 사장님 공연은 수익성이 목적이 아니라 팬 서비스 차원에서 개최하는 겁니다. 프로가 맡으면 이질감을 줄 수도 있습니다."

원 팀장이 전문가적인 발언을 했다.

"그래서 MC를 못 하시겠다?"

"너도 생각을 해봐. 그날 오는 관객들이 몽땅 신충이들이야. 신충이들은 나를 대역 죄인으로 취급해. 내가 사회를 맡으면 분위기가 싸해질 거라고 바보야!"

"싸해지듯 따뜻해지든 상관없어. 보기 싫음 다 가라고 하지 뭐!"

신채린이 아주 무식하게 결론을 내렸다.

"난 죽어도 MC는 못해. 차라리 섹션을 맡을게. 지난번처럼 피아노하고 키보드를 맡으면 되잖아. 두엣 곡도 하나 부르고!"

"후우… 듀엣 곡은 이미 두 개나 들어가 있어."

"미치겠다! 무슨 듀엣 곡을 두 개나 넣어? 아무튼 MC는 리나 네가 직접하든지 다른 사람 시켜. 난 무조건 섹션 맡을게."

"진짜 섹션 맡아줄 거지?"

"그래, 임마! 피아노 키보드 하모니카까지 내가 한다. 코러스도 맡고. 이거 왠지 낚시에 걸린 기분이야."

머리가 좋은 김완도 천재인 신채린을 따라갈 수가 없었다.

김완의 짐작대로 MC는 낚시였다.

김완이 바쁘다는 핑계로 섹션을 맡지 않을 것을 예상한 신채린이 깔아놓은 지뢰였다.

MC와 섹션을 딜하기 위해서!

악기를 다루는 실력을 떠나 김완이 무대 위에 있어야 신채린은 마음 놓고 노래를 부를 수 있었다.

신채린이 세계적인 배우였지, 가수는 아니었다.

처음 시도해 보는 단독 콘서트였다.

당연히 긴장되고 떨렸다.

그런 신채린에게 김완은 오랫동안 호흡을 맞춰온 섹션 동료이자 의지처였으니 말이다.

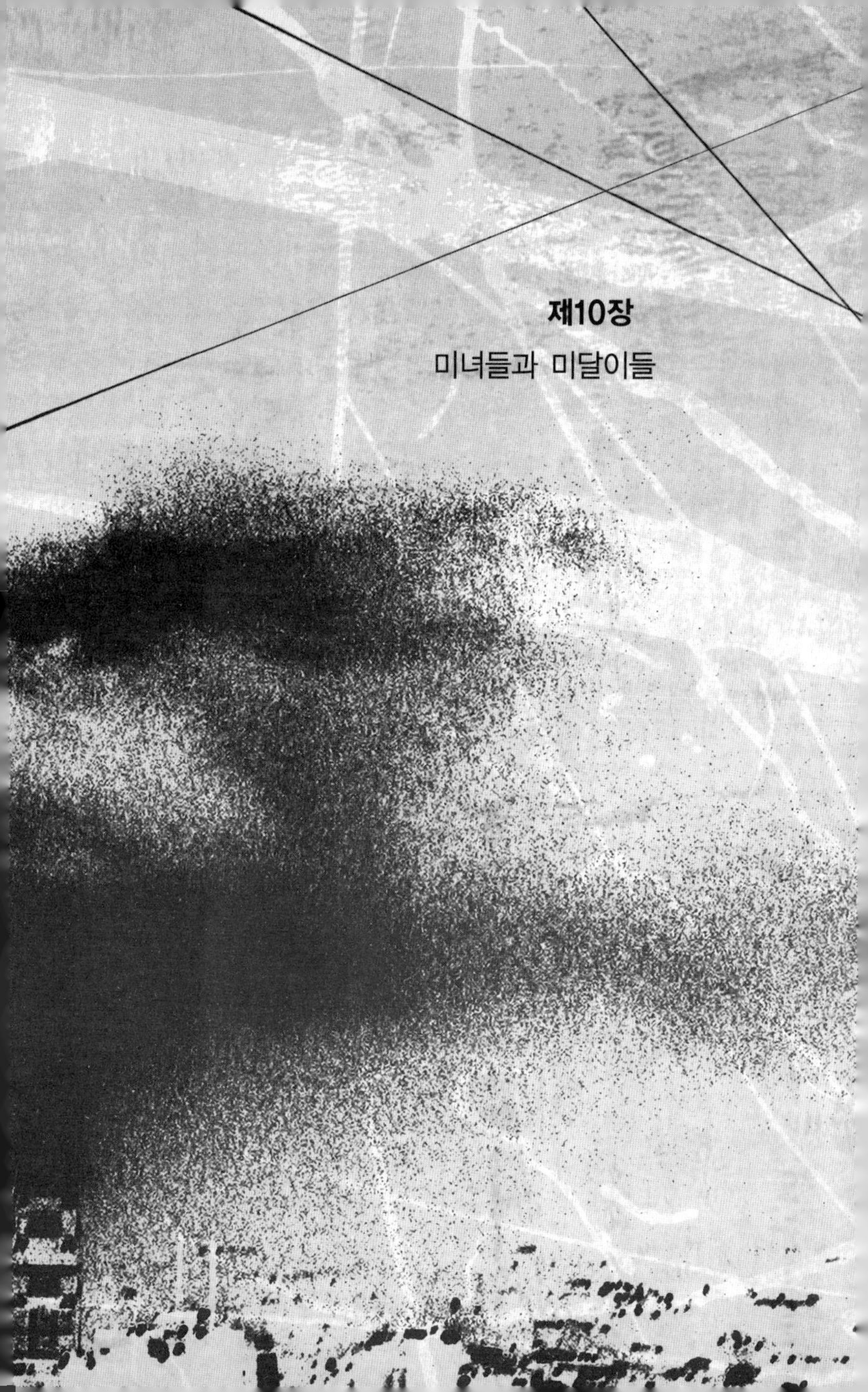

제10장

미녀들과 미달이들

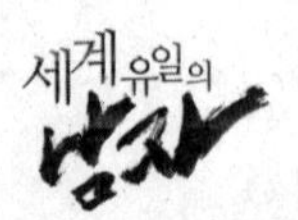
세계 유일의
남자

흰 눈 사이로 썰매를 타고 달리는 기분 상쾌도 하다.

종이 울려서 장단 맞추니 흥겨워서 소리 높여 노래 부르자…….

한 해가 열흘도 남지 않은 오늘!

서울 남산 초입에 자리 잡은 초특급 호텔인 한국 호텔의 정문에는 올해도 어김없이 큼직한 크리스마스트리가 오색 불빛을 번쩍이며 서 있었고, 경쾌한 크리스마스 캐럴이 울려 퍼졌다.

오후 여섯 시가 조금 넘었을까?

특전사와 해병대 군복을 걸친 당당한 체격의 대여섯 명의 군인들이 초조한 표정으로 크리스마스트리 옆에서 서성거렸다.

이십대 중후반의 군인들은 모두 직업 군인인 듯 중사에서 상사 계급장을 달고 있었다.

부우우웅!

잠시 후 저편에서 검은색 벤츠600 승용차가 다가왔다.

"완이 왔다!"

"어후, 저 시키는. 빨리 좀 오지?"

군인들이 벤츠 승용차 앞으로 우르르 몰려갔다.

김완이 의아한 얼굴로 차에서 내렸다.

"왜 여기들 있어? 추운데 들어가지 않고!"

김완이 해병대 특유의 팔각모를 쓰고 빨간 명찰을 부착한 상사 계급의 군인, 박홍석과 악수를 나누며 입을 열었다.

"이리 좀 와 봐봐, 완이야!"

"중환이 놈이 오늘 저녁 먹자고 한 게 신랑 신부 친구들 상견례하자는 거였냐?"

박홍석과 특전사 중사 제복을 입은 진일범 등이 김완을 황급히 기둥 뒤로 끌고 가며 물었다.

"하하! 결혼식 날은 정신없어서 우리들과 어울릴 시간이 없을 것 같대. 그래서 오늘 신랑 신부 친구들 모여서 밥이라도 먹자고 하더라고. 왜?"

김완이 웃으면서 대답했다.

"으흐흐흐— 이 개시키는 진짜? 그럼 그렇다고 말을 해 줘야 정복을 입든지 구린 양복이라도 걸치고 오지."

"이 킹콩 씨발 넘은 가끔 사람 미치게 만든다니까!"

"난 또 저녁이나 먹자고 하길래 네가 왕중왕전 우승도 했고 연말도 되고 해서 간단히 술 한잔하자고 부르는 줄 알았어!"

"나도 그래! 그래서 부담 없이 부대에서 이쪽으로 튀어왔다고!"

"개쪽이다 니미! 군바리 티내는 것도 아니고 뭐냐, 이게. 신부 친구들 하고 첫 대면인데 근무복 차림으로 들이대는 거야?"

"육해군 합동 대테러 작전 뛰나? 해병대에 특전사에 우르르르……."

박홍석과 진일범 등이 우거지상을 쓰며 목청을 높였다.

"괜찮아! 군인이 군복 입고 있는데 뭐가 어때?"

김완이 미소를 띠며 진일범의 어깨를 두드렸다.

"야야, 임마! 이건 정말 아닌 것 같다."

"맞아! 군인이나 경찰이 옛날보다 이미지가 많이 좋아졌지만 여자애들은 은근 싫어해."

"그래, 씨발! 우리가 군복 차림으로 몰려가면 킹콩 좆밥으로 만드는 거야!"

"이 근처 어디 가서 양복이라도 빌려 입고 오자!"

계속해서 박홍석과 진일범 등이 아우성을 쳤다.

"하아……. 시키들이 밥 한 끼 먹는데 뭘 그렇게 따져? 그냥 들어가!"

김완이 평소와는 달리 육두문자(?)까지 쓰며 목소리를 높였다.

그만큼 박홍석 해병대 상사와 진일범 특전사 중사 등은 김완에게 편한 상대였다.

이들은 김완이 어릴 때 사귄 불알친구들이었다.

정확히 말하면 정중환의 서울체육중학교 동기들이었다.

청소년 시절엔 흔히 그렇듯 친구의 친구는 곧 내 친구가 된다.

세월이 흐르면서 무뚝뚝하고 살벌하기까지 한 정중환보다 부드러운 성품의 김완과 더 가까워졌다.

뭐, 체육중학교를 다녔다고 해서 모두 스포츠 계통에 종사하란 법은 없다.

지금 김완의 친구들에게서 보듯 몇몇은 군인이나 경찰이

나 되기도 했고, 운동과는 전혀 관계가 없는 카센터나 호프집을 운영하는 친구도 있었다.

조폭이 된 친구도 꽤 여럿 됐고!

끼익!

이때 고장 난 자동차를 견인하는 레커차 한 대가 호텔 앞에서 멈췄다.

기름때가 묻은 목장갑을 끼고 작업복을 걸친 이십대 사내가 황급히 내렸다.

"뭐야! 저 새낀?"

"어? 빵구쟁이잖아!"

"저 병신은 아예 작업복 차림으로 튀어온 거야?"

"참 가지가지 한다, 큭큭큭……."

박홍석등이 레커차에서 내려 힐끔거리는 작업복 차림의 청년을 보며 낄낄 댔다.

"여기다, 종구야!"

"오우ㅡ 우리 귀염둥이가 거기 있었네!"

차종구가 김완 등을 보며 반갑게 뛰어왔다.

"이 새끼가? 완이만 보이고 형님들은 안 보이냐?"

"씨발넘이 완전 빠져가지고!"

"대가리 함 박아볼래?"

"이히히히, 자식들! 반갑다 반가워!"

차종구가 김완 등과 씩씩하게 악수를 나눴다.

"근데 완이야, 중환이 차 어딨냐?"

"중환이 차?!"

"웅! 중환이가 여기 와서 차 좀 봐주고 밥 먹자고 하던데?"

차종구가 주위를 돌아보며 말했다.

"킥킥킥! 으흐흐흐!"

박홍석 등이 일제히 웃음을 터뜨렸다.

"환장한다 환장해! 씨벌 넘이 자동차 고쳐 달라고 했대?"

"어이구! 덩치는 남산만 한 새끼가 얼굴은 엄청 얇아요."

"쪼다가 신랑 신부 친구들 상견례한다고 때 빼고 광내고 오라는 소리를 왜 못해?"

"……!"

박홍석 등이 투덜대자 상황을 눈치챈 차종구가 화들짝 놀랐다.

"지, 지금 신랑 신부들 친구들 인사하는 거야?!"

"빨리 튀어, 새꺄!"

"손톱에 기름때 빼고 마이 젤 좋은 거 걸치고 와, 병신아."

"어후후─! 이 골통 땜시 내가 미쳐 분다!"

차종구가 후다닥 레커차에 올라탔다.

띵동! 띵똥!

동시에 김완의 휴대폰이 울렸다.

"그래, 여기 호텔 정문 앞! 애들하고 있어. 금방 올라갈게."

전화를 받고 통화를 한 김완이 휴대폰을 다시 주머니에 넣자 박홍석이 물었다.

"킹콩이냐?"

"응. 어서 올라가자. 우리 안 온다고 난리다."

김완이 고개를 끄덕이며 손짓을 했다.

"염병 나도 모르겠다! 해병대 정신으로 밀어붙이자!"

"마음 놔 새끼야. 일당백! 연주 씨 친구들 몽땅 이 인간병기 진일범이 해치운다."

"미친 놈, 또 구라친다!"

"씨벌 놈이 맨날 뻥만 치니까 아직까지 계집애 하나 못 사귀는 거야!"

"아하하하! 흐흐흐!"

김완과 박홍석 등이 웃어대며 호텔 로비로 걸음을 옮겼다.

"오랜만이다, 완이야!

"니들 이제 오냐?"

양복 밖으로 곧 튀어나올 듯한 근육을 자랑하는 건장한 청년 세 명이 엘리베이터 앞에서 김완 일행을 반갑게 맞았다.

"와우— 백점동, 조건행, 김휘철! 추리닝 벗고 양복 입으니까 죽이는데."

"자식이……. 왕중왕전 우승 축하한다."

"숨도 쉬지 않고 지켜봤어. 완전 짱짱맨이더라!"

"하하! 고마워."

백점동과 김휘철 등이 활짝 웃으며 김완과 반갑게 포옹을 하고 박홍석 등과 악수를 교환했다.

수많은 고사성어 중 끼리끼리 모인다는 뜻을 지닌 유유상종처럼 딱 떨어지는 표현도 그리 많지 않다.

재벌은 재벌끼리.

양아치는 양아치끼리.

노숙자는 노숙자끼리.

우리는 그렇게 살아간다.

정중환이 체대에 특전사 출신이었기에 친구들 대부분은 운동선수였고, 군인들이었다.

"중환이 씩씩댄다. 빨리 올라가자."

김완이 백점동의 손을 잡은 채 말했다.

"진짜… 완이 네가 가서 어떻게 좀 해봐라."

"도저히 같이 앉아 있을 분위기가 아냐. 엄청 뻘쭘해!"

"연주 씨 친구들은 막 드레스에 원피스에 모두 공주님처럼 하고 나왔는데 우리 친구들은 울퉁불퉁 살기등등……."

"천사들 파티에 조폭들이 난입한 것 같아!"

백점동 등이 얼굴이 벌게지며 고개를 홰홰 저었다.

"씨발! 이럴 줄 알았어."

"군인에 경찰에 운동선수에 몽땅 싸움하는 새끼들인데, 분위기 싸하겠지 뭐!"

박홍석 등이 다시 툴툴댔다.

"뭔 상관이야? 다 신랑 친구들이잖아, 임마!"

"알았다, 알았어!"

김완이 빽 소리치자 박홍석 등이 입을 꾹 닫았다.

띵똥!

얼마 후, 엘리베이터 한 대가 한국 호텔 삼십 층 로즈 홀 앞에 멈췄다.

김완과 백홍석 등이 조심스럽게 내렸다.

"아이이! 이제 오면 어떻게 해, 오빠?!"

"일찍 오라고 했잖아, 이 웬수야!"

예쁘게 화장을 하고 한복을 입은 신부 황연주와 멋진 은색 더블 재킷을 걸친 신랑 정중환이 엘리베이터 앞에 서서 김완을 보며 눈을 부라렸다.

"이 깡패 부부가 근데? 스케줄 세 개나 취소하고 허겁지겁 뛰어온 거야, 시키들아!"

김완이 정중환과 황연주를 흘겨보며 잇새로 말했다.

"안녕하십니까, 연주 씨!"

"오랜만이에요, 제수씨!"

"아, 네네! 어서들 오세요. 빨리 들어가세요!"

"오느라고 고생들 했다. 들어가자!"

박홍석 등이 거수경례로 늠름하게 인사를 했고, 황연주가 조신하게 답례를 했다.

곧바로 정중환이 소몰이하듯 박홍석 등을 데리고 실내로 들어갔다.

"어디가, 오빠!"

"아호, 참……. 밥 먹으려면 손이라도 씻어야지!"

황연주가 친구들과 달리 복도 쪽으로 걸어가는 김완을 보며 소리치자 김완이 짜증스럽게 대답했다.

"무슨 손을 씻어? 빨랑 들어가서 분위기 좀 잡아봐. 난 도저히 뭘 어떻게 해야 좋을지 모르겠어!"

"어떻게 하긴 뭘 어떻게 해, 바보야! 손님들도 아니고 친구들인데 각자 소개하고 밥 먹고 노래 한 곡씩 때리고 클럽으로 튀면 되지!"

황연주가 김완을 잡아끌며 안달복달을 하자 김완이 어이가 없다는 듯 말을 받았다.

"근데… 황연주! 오늘 좀 많이 예쁘다? 한복 입으니까 완전 공주마마야!"

"에헤헤헤헤! 진짜??"

김완이 눈을 동그랗게 뜨며 미모를 칭찬하자 안절부절하던 황연주의 입꼬리가 빠르게 귀 쪽으로 번졌다.

여전히 황연주의 마음속 깊은 곳에는 김완을 짝사랑했던 추억이 남아 있었다.

사랑이란 결코 잊히지 않는다.

조금씩 퇴색되어 갈 뿐!

하지만 훼방꾼 덕에 황연주의 입꼬리는 더 이상 올라가지 못했다.

"완이 오빠……."

"어, 미란아?"

"흑! 너무너무 보고 싶었어. 오빠!"

황금색 코트를 입은 최미란이 울먹울먹하며 김완의 품에 탈싹 안겼다.

'뭐야 이 지지배는? 미국에 몇 년 가 있었다고 아주 노골적으로 남자 품에 안기네! MIT 핵공학과에서는 저런 걸 가르치나?'

황연주가 입이 툭 튀어나왔다.

내일모레 결혼식장에 들어갈 황연주였지만, 김완 빠는 분명했다.

"하하하, 녀석! 공부는 잘돼?"

"으응! 이제 석사 끝내고 박사 과정 밟는 중이야. 연주 결혼식 핑계대고 잠깐 들어왔어."

최미란은 서울대학교 공대 출신으로 황연주와 서울패 동기였다.

"최미란! 그만 와니 오빠 품에서 떨어지지그래? 나 많이 기다렸거든!"

"어후! 이건 눈치 없이……."

최미란이 눈을 흘기며 김완의 품에서 떨어졌다.

"나도 안아줘, 와니 오빠!"

"자식!"

김완이 황토색 가죽 재킷을 걸친 김동화를 가볍게 안았다.

"우씨! 성의껏 안지 못 해? 미란이 안아줄 때랑 강도가 영 틀려?"

"어이구, 그래그래! 우리 예쁜 동화는 어떻게 기자 일은 할 만해?"

"흥! 오빠는 진짜 나빠. 옛날부터 연주 미란이만 예뻐하고 난 꼭 그다음이더라?”

“무슨 소리야, 김동화? 난 옛날이나 지금이나 동화 네가 제일 예쁜데!”

“저, 정말이지?”

“그럼 임마! 까놓고 말해서 너희 셋 중에 동화 네가…….”

“말씀 골라서 합시다, 아저씨!”

“그, 그게 미란이도 좀 예쁘긴 해…….”

최미란이 도끼눈을 뜨자 김완이 움찔하며 말꼬리를 흐렸다.

“야야! 빨리 들어가서 노래 한 곡 꽝 하자.”

“오키! 좋아!”

김완이 최미란과 김동화의 손을 끌며 미묘하게 돌아가는 상황을 재빨리 수습했다.

‘저것들이 여전히 와니 오빠한테 꼬리를 치네! 미란이 저건 아직도 오빠를 못 잊고 있어. 그렇게 울고불고했으면서…….’

최미란과 김동화는 서울패에서 같이 활동한 황연주의 단짝이었다.

김동화는 황연주와 영문과 동기로, 현재 조선신문 문화부 기자였다.

최미란은 학창 시절 여러 번 데이트를 신청했을 만큼 김완을 좋아했었고 말이다.

빰빰빠… 빰빰!

대한민국 최고급 호텔이라는 한국호텔 로열 로즈 홀에서 아름다운 피아노 소리가 흘러나왔다.

주로 유명 연예인들과 재벌들의 결혼식 피로연이나 회갑연등으로 사용되는 이 로열 로즈 홀은 일견키에 외국의 유서 깊은 카페처럼 보였다.

피아노 같은 악기와 마이크 등의 음향장치가 설치된 널찍한 무대가 보였고 한쪽에는 다양한 음식들이 세팅돼 있었다.

웃음 짓는 커다란 그 눈동자 긴 머리에 말없는 웃음이 라일락 꽃 향기 흩날리던 날 교정에서 우리는 만났소.

밤하늘에 별만큼이나 수많았던 우리의 이야기들

바람 같이 간다고 해도 난 안 잊을테요…….

그 무대 위에서 김완이 등록상표인 붉은 스카프에 군청색 더블 재킷을 걸친 채 피아노를 연주하며 노래를 불렀다.

성장을 한 신부 친구들과 군복 등을 걸친 신랑 친구들이 테이블에 둘러앉아 김완의 노래를 감상했고!

빰빰빰… 빰!

한순간, 김완이 노래를 마치고 피아노 연주를 멈췄다.

“반갑습니다, 인기 가수 김완입니다.”

“아하하하! 깔깔깔!”

김완이 미소를 띤 채 피아노 앞에 앉아 인사하자 신랑 신부 친구들이 폭소를 터뜨리며 우레와 같은 박수를 보냈다.

김완이 자신을 골프 선수라고 소개하지 않고 인기 가수라고 소개했기 때문이다.

이곳에 모인 신랑 신부 친구들은 골프 황제 김완을 너무 잘 알았다.

더불어 김완이 서울대 축제 때 부른 노래, 10월 한 달 동안 각종 음원차트를 누빈 그 이별이라는 노래를 지겨우리 만치 들었다.

“분위기도 띄울 겸 신랑 친구들을 대표해서 제가 먼저 한 곡 했습니다. 오프닝으로 제 히트곡을 부르고 싶었는데 아시다시피 제 노래 제목이 이별이라서 참…….”

“까르르르!”

계속되는 김완의 조크에 로즈 홀의 분위기 간단히 살아

났다.

"내일모레 결혼하는 신랑 신부 앞에서 이별이란 노래를 부르기가 좀 그래서 이 곡을 선곡해 봤습니다. 아주 유명한 가수께서 불러서 70년대 대학가에서 선풍적인 인기를 끌었다는 우리들의 이야기라는 노래였습니다."

김완이 미소를 띠며 노래를 선곡한 이유를 밝혔다.

"노랫말 그대로 커다란 눈동자에 긴 머리의 신부가 라일락 꽃 향기가 흩날리던 교정에서 신랑을 만났고 사귀었거든요."

삑삑삑! 짝짝짝!

친구들이 황연주와 정중환을 바라보며 휘파람을 불며 박수를 쳤다.

황연주가 정중환의 얼굴에 머리를 기대며 귀엽게 브이자를 만들었다.

"짜식, 프로골퍼가 아니라 연예인이라니까. 딱 등장해서 노래 일발 하고 멘트 한 번 때리니까 깨끗이 정리되는구만."

"확실히 완이 오빠는 예능에 소질이 있어. 노래 악기 멘트 뭐 하나 빠지는 게 없거든. 매력있는 미성으로 던지는 위트가 아주 진하게 끌려. 어떻게든 꾀어내서 우리 프로에 한 번 세워야겠어."

정중환과 황연주가 무대 위에 앉아 있는 김완을 흐뭇하게 쳐다보며 이런 대화를 나눴다.

"큭큭! 울 빵순이 또 직업병 도지는구나."

"에헤헤! 자꾸 촉이 서네."

황연주가 귀엽게 웃었다.

확실히 김완은 골프뿐만 아니라 노래와 예능에도 소질이 있었다.

김완이 피아노를 연주하면서 〈우리들의 이야기〉라는 노래를 끝내고 멘트를 시작하자 신기하리만치 분위기가 바뀌었다.

김완의 또 다른 매력이었다.

"그럼 계속해서 신부 친구들을 대표해서 아리따운 숙녀 두 분께서 아주 멋진 노래를 들려주시겠습니다."

김완이 무대 옆에 서 있던 최미란과 김동화에게 사인을 보냈다.

"안녕하세요. 신부의 대학 동기인 김동화입니다."

"처음 뵙겠습니다. 최미란이에요."

와아아아! 짝짝짝!

김동화와 최미란이 자신들을 소개하자 박홍석등이 환호성과 함께 박수를 보냈다.

"김동화 씨는 현재 조선신문 문화부 기자로 활동하고 있고 최미란 씨는 MIT 대학에서 핵물리학을 공부하는 수재 아가씨입니다."

"난리 났다! 신문기자에 MIT 핵물리학자래?"

"쩝쩝, 연주 씨가 서울대 출신이니까 친구들이 빵빵하구만!"

"왠지 쪽 팔린다. 우리랑 레벨 차이가 너무 나. 씨바!"

"쪼까 그렇구마이! 완이를 제외하면 울 친구들 중에 제일 잘 가는 놈이 끽해야 레슬링 국대 선수인디 말여!"

신랑 친구인 해병대 상사 박홍석 등이 김완이 소개하는 신부 친구들을 쳐다보며 연신 투덜댔다.

"근디 MIT가 워디 있는 대학이여? 목포에 있다냐?"

"뭐? MIT가 목포에 있냐구??"

"카카카카카!"

검은 베레모를 쓴 채 특전사 제복을 걸친 문일주 중사의 생뚱맞은 질문에 박홍석 등이 그대로 뒤집어졌다.

"개시키! 너 지금 개그한 거지?"

"개또라이 새끼야! 매사추세츠 공과 대학이 미국 매사추세츠 주에 있지 어떻게 목포에 있어? M 자가 들어간다고 다 목포 마산에 있냐?"

"세계 톱 텐에 들어가는 명문대학이다. 맨날 총질만 하지 말고 책이나 TV도 좀 보고 살아. 씨벌노마!"

"아후, 빡친다! 신부 친구들한테 신랑 친구들 개무식하다고 졸라 까이겠구만!"

박홍석 등이 신랑 친구들과 신부 친구들의 수준을 비교하며 걱정했다.

그 수준 높은 신부 친구들이 노래를 시작됐다.

…내 하나밖에 없는 등불을 외로운 나의 벗을 삼으니 축복받게 하소서!

희망의 빛을 항상 볼 수 있도록 내게 행운을 내리소서.

넓고 외로운 세상에서 길고 어두운 여행길 너와 나누리.

하나의 벗을 만나기 위해 긴긴 밤들을 보람되도록 우리 두 사람은 저 험한 세상 등불이 되리…….

김동화와 최미란이 서울패 출신답게 김완의 피아노 반주에 맞춰 꾀꼬리 같은 목소리로 노래를 불렀다.

이번엔 김완이 간주 부분에서 피아노 대신 하모니카를 연주해 노래의 서정성을 더했다.

잠시 후, 노래가 끝나고 연주가 끝났다.

빠빠빠!

동시에 김완이 피아노를 빠르게 연주하기 시작했다.

"계속해서 달리겠습니다. 다음 곡은 박정현 씨의 재미있는 노래, '미운 오리' 입니다."

김완이 멘트를 끝내자 김동화와 최미란이 가볍게 율동을 시작하며 리듬을 탔다.

방금 끝낸 〈등불〉이나 지금 시작하려고 하는 〈미운 오리〉같은 노래는 〈나 어떡해〉 등과 더불어 서울패 재학생들이 수없이 연주하고 부르는 가이드 곡이었다.

김동화나 최미란에게는 너무 익숙한 노래들이었다.

"오빠 나도—"

그때 금테 안경을 쓴 야리야리한 아가씨 한 명이 무대 위로 올라왔다.

"어서 와! 여러분! 지금 무대 위로 올라오신 어여쁜 숙녀분 보이시나요?"

"예에에에— 기가 막히게 예쁘십니다."

"호호호! 아하하하!"

김완의 질문에 박홍석 등이 해병대 정신을 발휘해 로즈홀이 떠나가라 대답했다.

"일곱 개 국어에 능통한 어학의 귀재입니다. 외무 고시를 패스하고 현재 외교부에서 근무하고 계십니다."

"안녕하세요, 이민경이에요! 신부하고는 별로 친하지 않아요. 지금 피아노 연주하고 계신 와니 오빠가 보고 싶어서 달려 왔어요. 대학 다닐 때 무지무지 좋아했거든요."

씨이이이이익!

"아하하하! 깔깔깔!

이민경이 서슴없이 김완과의 관계를 밝히자 장내가 홀딱 뒤집어졌다.

"민경 씨가 러브 스토리를 약간 왜곡시켰는데, 실은 지금 이 로즈 홀에 있는 제 친구 중 한 명이 민경 씨에게 작업을 걸다가 그대로 까였답니다."

"오호호호! 깔깔깔!"

다시 김완이 이민경의 전과를 밝히자 김동화 최미란 등이 폭소를 터뜨렸다.

"어떤 시키야! 친구들 개망신 시킨 놈이 누구야? 빨랑 자수하지 못해?!"

"감히 서울대 여학생에게 들이댄 용자가 누구냐?"

박홍석 등이 웃으면서 소리쳤다.

찰나, 황연주가 정중환을 째렸다.

"혹시?"

"……!"

정중환이 움찔했다.

"그, 그 눈빛의 의미는 뭐냐? 난 오로지 빵순이 너밖에 몰랐어."

"일단 패스! 신혼여행 다녀와서 다시 수사를 계속하자고."

"에효효효……."

정중환이 가슴을 쓸어내렸다.

'어이구! 저 여우가 왜 이때 나타나서 비상을 거는 거야?'

이렇게 결혼식 즈음에 신랑 신부 친구들이 만나면 본의 아니게 신랑 신부의 과거가 들통 나 곤혹을 치루기도 한다.

실은, 정중환이 첫눈에 반한 사람은 황연주가 아니라 이민경이었다.

김완을 졸라서 소개팅했지만 단칼에 박살이 났고…….

뚜리뚜리 빠빠빠 뚜리뚜리 빠빠빠 아후! 뚜리뚜리 빠빠빠!

아무도 알아보지 못했어. 너무 달라져 버린 내 모습 때문에!

자꾸 훔쳐만 보는 친구들아 정말 모르겠니?

따돌림 받던 바로 그게 나야.

그리 당황하고 수군거릴 필요 있니.

여자란 커가면서 예뻐지는 거래, 다 그런 거야.

오! 보고 싶었어. 어릴 적 반가운 이름들!
어느새 어색한 옷차림이 제법 어울리는 걸 우리—

김완의 경쾌한 피아노 반주에 맞춰 최미란 김동아 이민경이 마치 대학 시절로 돌아간 것처럼 신나게 춤까지 추며 노래를 불렀다.

띵똥!

그때 황연주의 휴대폰이 문자가 왔다는 신호를 보냈다.

—빨리 와니 오빠 전번 찍어!

—이 지지배가?

황연주가 저편 테이블에서 활짝 웃으며 손을 흔드는 늘씬한 아가씨를 쳐다봤다.

서울 강남에서 잘나가는 영어강사인 황연주의 대학 영문과 동기 남유리였다.

다시 문자가 왔다고 휴대폰이 울렸다.

—김완 씨 오늘 어디서 자?

—왜?

—동지섣달 긴긴 밤을 어떻게 혼자 보내? 내가 수청 들어주고 싶어.

—미친년!

—망할 것아, 난 진심이야.

황연주의 고등학교 동기요 서울대 동기인 김빛나였다.

삼성경제연구소의 연구원이었다.

띵똥띵똥!

황연주가 휴대폰을 끊는 것과 거의 동시에 벨이 울렸다.

—뭐야?

—김완 씨랑 소개팅시켜 줘!

—애야, 정신 차려. 와니 오빠 앤이 몇 명인 줄 알아?

—그게 뭔 상관이야. 아직 화려한 싱글이잖아?

—야! 지금 사귀는 여자들이 누군지 몰라?

—길고 짧은 건 대봐야지 짜식아. 신채린이랑 오랫동안 사귀었으면서도 결혼하지 않는 건 뭔가 문제 있다는 증거야. 또 내가 황후가 되지 말라는 법도 없잖아?

—뒈질랜드로 여행 갈래?

—내가 신채린이보다 못한 게 뭔데? 얼굴 약간 딸리는 거? 그치만 나도 꽤 좋다는 옥스퍼스 졸업했어. 현재 스코어 영국 로이드 뱅크 여신담당 차장이구. 이 정도면 신채린이랑 맞짱 뜰 만하지 뭐. 다이아몬드 미스잖아?

—끊어주세요, 조은비 차장님!

황연주가 휴대폰을 끊으며 한숨을 길게 쉬었다.

'이, 이게 실제 상황이구나……. 와니 오빠 바람둥이라고

흉볼 거 없네. 계집애들이 벌 떼처럼 덤벼!'

황연주가 무대에서 열심히 피아노를 연주하는 김완을 슬쩍 쳐다봤다.

'내 친구들도 이러는데 다른 계집애들은 어떨까? 완이 오빠가 있는 호텔에 계집애들이 줄을 선다는 게 사실일 거야.'

황연주는 김완이 고추 대왕이 될 수밖에 없는 이유를 새삼스럽게 깨달았다.

짝짝짝짝! 휙휙휙!

요란한 휘파람과 함께 박수 소리가 로즈 홀을 신나게 울렸다.

"하하, 수고하셨습니다. 세 분!"

김완이 최미란 등을 쳐다보며 손을 흔들었다.

"이제 분위기가 많이 좋아졌죠? 그럼 요쯤에서 신랑 신부의 노래를 듣고 식사를 한 뒤 다음 순서로 넘어가겠습니다."

"끼약— 자기야!"

김완의 멘트가 끝나자마자 정중환이 황연주를 번쩍 안아 들었다.

"와우! 멋있다— 신랑!"

"새끼! 바람 피우다 들킨 거 만회하려고 꽤나 지랄하네."

"깔깔깔! 핫핫핫!"

신랑 신부 친구들이 폭소를 터뜨렸다.

그렇게 화기애애한 그들의 시간은 흐르고 있었다.

『세계 유일의 남자』 5권에 계속